獎賞

張之路 著

幽默・奇想・張力與嘲弄

東海大學中文系副教授
許建崑

張之路思路快，能言善辯，對於文字語詞的運用，極爲敏銳。他學物理出身，又從事電影劇本編寫，對事件的認知，擅於觀察、分析、歸納，掌握了清晰明快的步度。因緣際會，他投身兒童文學創作，精準的拿捏兒童與校園的素材，又能游走在生活、幻想與科學之間。現實生活的描寫，譬如《懲罰》、《有老鼠牌鉛筆嗎》；添加幻想成分的故事，如《空箱子》、《蟬爲誰鳴》；以科學爲幻想來源的故事，如《非法智慧》、《極度幻覺》。國內出版他的作品，至少有十本以上。

新書《獎賞》，包含十篇故事，由短漸長，挑戰讀者閱讀的「續航」能力；細細數算，裡頭尖子（頂尖人物），卻精采有型。

林爽是大華街小學六年級學生，屬於「五中」學生。有一天，她收到一封同名同姓、生病在家不能上學的孩子來信。她連續寫了三封信去安慰對方，畫上自己所擁有的紅嘴巴小鳥，願意帶往分享。結果出人意外，教育專家溫英老師來訪，並且邀請全班同學去參加電視台節目的錄製。這篇〈紅嘴巴小鳥〉溫馨感人，卻也反映大陸「一個城市裡三百零六所小學，有四十一個名叫林爽的學生」，呈顯了大陸人習慣使用「單名」所造成的困擾。如果家庭課業抄寫過多，增加孩子勞累，是不是可以發明「排筆」來減輕功課負擔？題目叫〈窩囊的發明〉，林爽的發明在老師眼光中被指為「懶筆」，可是在社會上卻屬於「智慧財產」，可以申請專利呢！〈香水〉則說出林爽與媽媽對禮物的看法不同。在孩子眼中，真誠的感謝絕不是可以用金錢辦得到的。〈夢斷三角蛋〉是篇「腦筋急轉彎」，林爽夢境中的謎語，引起了軒然大波，讓全校師生都來解夢。既然是三角尖蛋，會孵出什麼？結果早已注定，不是嗎？

李大米是新民國小五年級學生，寫了篇作文〈老虎媽媽〉，惹得胡老師生氣，一定有什麼毛病吧？同篇作品，卻被作文比賽的評委老爺爺看中，推薦評獎，到底又有什麼優點呢？好與壞的標準很難評斷呢！可能是過敏，李大米會連續打噴嚏，同學稱他「串噴」，怪異的綽號。有一天早操時間，校長訓話，大米老毛病又犯了。校長找他談話，給他一個「帶頭鼓掌」的任務，提供「獎賞」可能的機會。不久，學校發生「老師懲罰學生」事件，校長訓話時，大米忘了執行任務。校長責備大米了嗎？為什麼沒有？是不是有良心的人，都應該分辨是非對錯？

〈侃協祕書長〉，寫中學生劉貴貴加入「侃大山協會」的過往。「侃大山」，我們稱「吹牛」或「蓋仙」。整個立社宗旨，都是從劉貴貴申請書改寫的呢！最精采的故事述說，是劉貴貴父親酗酒；最沉痛的事件，是劉貴貴父母離異。原來，閒聊、吹牛，最讓人動容的事情，還是人生最不能忍受的傷口。

〈我哥哥說外語〉，透過小學二年級的我，反襯出就讀重點中學的優秀哥哥，在外國小孩胡鬧的時候，不敢表現。一直到弟弟「擺平」了這些外國孩子，做哥哥的才有機會使用精通的英語、法語，來擔任溝通大使。故事中，有責備，也有諒解；有冷酷，也有溫暖。

〈蟋蟀也吃興奮劑〉，對校園倫理提出了挑戰。初三學生袁新強被誤會破壞八號大樓的公用天線，阻擾校長觀賞電視連續劇。做壞事的同學面不改色，不肯自首認錯；而新強也不願意擔起「出賣朋友」的惡名，決定犧牲自己。是誰可以爲他主持公道？是他一直誤會的同學黃一鳴呢。蟋蟀雖小，卻努力發出自己的聲音。袁新強就是這隻勇敢的蟋蟀！

〈少年劉大公的煩惱〉，篇幅最長，主角劉大公也升格爲大華街中學高二學生。張之路對主角潛意識心理與青春期生理現象的探索頗深。劉大公爲什麼不能忍受綽號？是誰去張貼聲明公告？劉大公會夢遊嗎？爲什麼三次不認得回家的路？以後還會不會發生？一連串問題，都指向年輕人內心的徬徨無助。是不是升學壓力太大，學校師生互動出不了問題，或者社會價值觀點的改變，帶來無形的壓力？張之路並不試圖交代。總之，事情是發生了。「眞理向前跨進了一步，就會變成謬誤。」張之路這句話，必然有大大的玄機。

書名爲《獎賞》，也十分切中主題。獎賞與懲罰，原是一體的兩面。林爽的仁慈與正直、李大米的作文與誠實，都得到了獎賞。而「我」的努力，使得哥哥能夠發揮語文溝通的天分。袁新強爲友誼的隱忍，也得到了回餽。劉大公的認眞和老實，吃盡許多苦頭，最後得到了數學韓老師的嘉許。劉貴貴也是有獎賞的，只是侃協社員送給他的兩個罐頭和一枚兔年銅幣，來不及送到他手上。

從這本新書讀來，張之路的創作特質還是不變。幽默，是他慣用的手段，妙語如珠，新鮮而又明確，永遠讓人不厭煩的敘述語言；在平凡的生活事物中，能生出「奇想」，所有的錯誤、痛苦與衝突，壓抑到最後關頭，絕對不放鬆，要把故事主角逼向絕路，事情無可轉圜，到達了山窮水盡，才能逢春新發。徹底的展現了故事的「張」力。這還不夠，沒有嘲諷，就缺少人生的滋味。現實生活之中光怪陸離，都逃不開張之路的觀察與借取。不學無術的侃協社員、沒有膽識的哥哥、喜歡送禮的媽媽、囫圇不化的國文老師、鄉音凝重的數學老師、沉溺電視劇的校長，都是他嘲諷的對象。就好像吃麵時候，不忘加上的胡椒、辣椒。讀張之路作品，最讓人難忘，可能就是這股辛辣的滋味吧！

「目次」

作品欣賞

紅嘴巴小鳥

林爽的音樂老師去了美國。她給林爽來了封信，說林爽的耳朵很好。開始，林爽沒有明白，耳朵好是什麼意思？是說耳朵長得好看嗎？看到後來，聯繫上下文的意思，林爽才明白，老師是表揚她音感好。林爽非常激動，馬上就要給老師寫回信。林爽寫了一個鐘頭，這才把信寫完。

林爽把信摺好，裝在信封裡，開始寫地址。她拿著筆猶豫了一下，站起來，走到客廳。媽媽、爸爸正在看電視新聞。

林爽說：「爸爸，問你一個問題。」

「什麼事？」

林爽說：「是這樣，往外國寄信，寄信人的地址要寫在上面，收信人的地址和姓名要寫在下面。是不是？」

「是啊！跟咱們中國正好相反，怎麼啦？」爸爸點頭，「你還眞不簡單，小學六年級的學生知道這個常識的還眞是鳳毛麟角，誰告訴你的？」

「無師自通。」林爽得意的說。

「這是起碼的常識，你還表揚她，看，又驕傲了吧！」媽媽說。

「我要問的是另外一個問題。」

「什麼問題？」

「爲什麼要把寄信人的地址寫在上面呢？」

「這是外國人的習慣。」

「不這樣寫就收不到嗎？」

「對呀！」

「可是，他們往中國寫信，怎麼不按照中國的習慣呢？不是也收到了嗎？」林爽拿著音樂老師給她的來信說。

爸爸和媽媽互相看看。還眞是個問題！

媽媽說：「林爽，你先按習慣寫。有了答案我們再告訴你。」

林爽給老師寫了信以後就天天盼著老師的回信。

一個星期以後，每當路過學校傳達室的時候，她都要去問。

「宋爺爺，有我的信嗎？我叫林爽。」

「沒有！」

「宋爺爺，有我的信嗎？我叫林爽。」

「我知道你叫林爽，可是沒有你的信。」

總問總沒有，林爽都有點不好意思了。她經常讓好朋友楊曉麗去問。沒有就是沒有，楊曉麗去問也沒有。

有一天早晨，林爽又路過傳達室門口，咬咬牙，沒有往那扇窗口走。唉！那裡不會有「蝴蝶」飛出來的。

沒有想到，宋爺爺卻從窗口探出頭來：「林爽——」

林爽飛快的跑到窗前：「宋爺爺！是不是有我的來信了？」

宋爺爺說：「我問你，你是不是叫林爽啊？」

林爽奇怪的回答：「是啊——怎麼了？」

宋爺爺又問：「除了你，咱們學校還有叫林爽的嗎？」

「好像沒有……如果是國外寄來的信就是給我的。」

「不是國外寄來的，也沒有寫班級的名字，如果學校就你一個人叫林爽，那就是給你的，如果有兩個，那就可能是別人的。」宋爺爺舉著一個白色的信封。

林爽接過信，急切的看看信封——是封從本地寄來的信。

林爽撕開信。信中寫道：

林爽同學：

你好！你一定很奇怪是誰給你寫的信吧？是我，是一個名字和你一樣的人——我的名字也叫林爽。我是一個小學生，但我現在不能上學，只有安靜的躺在家裡。有一次，一隻紅嘴巴小鳥落到窗子的外面。牠目不轉睛的盯著我，還用小嘴巴啄我的玻璃。我的心裡別提多高興了。我突然想，在我們住的城市裡有很多小學。其中一定會有一個和我一樣也叫林爽的同學。如果他（她）能給我寫信告訴我他（她）看到了什麼、聽到了什麼，我一定會特別特別高興！因爲你聽到了，就是我聽到了；你看到了，我也看到了……。

林爽某年某月某日

林爽把信又仔細讀了一遍。她明白了，這個和她名字一樣的同學一定是生病在家。他好可憐哪！她好像看見了他在信中說的那隻紅嘴巴小鳥……也不知道是男生還是女生……不管怎麼樣，林爽決定給他回信。內容嗎？就把學校裡發生的有點意思的事情告訴他。信要這樣開頭：

林爽同學：

你好！你給我的來信收到了。我又驚又喜。我驚奇的是居然還有一個和我同名同姓的小學生。高興的是我又認識了一個新的朋友……

第二天早晨，林爽來到一個黃帽子郵筒跟前，這種郵箱，本市的信一天就可以寄到。她從書包裡拿出寫好的信，把信封又仔細看了一遍。特意在下面寫了「大華街小學六年級一班林爽寄」

林爽把信放到郵筒裡。她估計著，兩三天以後她就會見到那個林爽的回信。

不料，一個星期過去了，她沒有接到回信。她又寫了一封。不是催人家的回信，人家沒準病得不能寫信呢！不過，林爽覺得很倒楣，她的信怎麼總是有去無回呢？音樂老師在國外，通信不方便。可是這個林爽就和自己住在同一個城市，唉……。

兩個星期的時間裡，林爽一共寫過三封信。可是一封回信也沒有接到。

不會是有人惡作劇吧！不會，人家幹麼要開這樣的玩笑呢？

有一天下午放學的時候，班主任方老師把林爽叫到辦公室。在房間裡，林爽看見了一位滿頭銀髮的老奶奶。方老師對老奶奶非常尊敬。

老奶奶對方老師說：「我能和林爽單獨談談嗎？」

方老師微笑著點點頭走出去。

老奶奶招呼林爽坐下說：「我姓溫，你可以叫我溫老師，也可以叫我溫奶奶。」說著，她從書包裡拿出三封信。好眼熟哇！這不是自己給那個林爽寫的信嗎？

溫奶奶把三封信放到林爽的眼前說：「這三封信都是你寫的嗎？」

林爽驚訝的說：「是啊！怎麼在您這兒？您叫林爽嗎？林爽是小學生啊！」

溫奶奶說：「我不是林爽，到底是怎麼回事，我以後告訴你好嗎？」

林爽搖搖頭：「不太好……。」

溫奶奶沉吟片刻：「我告訴你，林爽的信都由我來幫他轉交……。」

「他沒有看到嗎？」林爽急切的問。

溫奶奶點點頭：「謝謝你，他都看到了。」

林爽心中的一塊石頭落了地。

溫奶奶慈愛的打量著林爽：「孩子，你很善良。」

林爽咧嘴一笑：「奶奶，你也很善良。」

「林爽，跟我說說你在學校的情況好嗎？」

「我？太一般了。我屬於『五中』學生。」

「什麼『五中』學生！你不是大華街小學的嗎？」

林爽笑了：「不是這個意思，五中學生就是說五個方面中等的學生。」說著林爽伸出手指數數，「你看，學習中等，身體中等，品德中等，家長中等，學校還是中等。這就叫五中學生。」

溫奶奶笑了：「噢，還有這麼個說法，我教書的時候可沒聽說過。」

林爽興奮起來：「老師就關心好學生和壞學生，我們這些五中學生，老師根本顧不上，可慘了。哎，林爽到底是什麼樣的人哪！他得了什麼病？」

星期日的早晨，大華街六年級一班的全體同學被邀請參加電視台名牌節目「朋友」的錄製。

演播室裡座無虛席，靠前面場地中間坐著一圈大約四十幾個小學生。有男有女，年齡有大有小。林爽也坐在他們當中。而他們班的其他同學都坐在觀眾席上。

小小的舞台上坐著男主持人和前面我們見過的溫奶奶。溫奶奶今天顯得格外精神，頭髮一絲不亂，衣服一塵不染。

主持人莊重的說：「今天來參加我們節目的是來自二十一所小學

的部分老師和同學。我們今天的節目還特意邀請了我們市退休的特級小學教師溫英奶奶。」

「啊！她就是著名的溫英老師啊！」林爽很驚訝。

主持人接著介紹說：「溫奶奶從事小學教育工作四十多年，曾經獲得過全國五一勞動獎章，獲得過全國優秀少年兒童工作者獎章。溫奶奶教過的學生很多很多，眞可謂是桃李滿天下。」

全場響起熱烈的掌聲。

主持人伸伸手，請溫老師講話。

溫奶奶從座位上站起來，她的聲音顯得特別活潑：「我們生活的這座城市，不很大也不小，同學們猜一猜，我們一共有多少所小學？」

大家七嘴八舌的叫起來：「五十所——一百所——兩百所——」

溫奶奶微笑著：「我們這座城市一共有三百零六所小學。」

一片驚嘆的聲音。

主持人指著場地中間的四十幾個小學生說：「我前面的四十一個同學就來自這三百零六所小學當中的三十九所小學。這四十一個同學有一個共同的特點。請大家猜一猜，這個共同的特點是什麼？」

會場的聲音此起彼落：

都是好學生——

都上六年級——

都是特長生——

前面的四十一個同學也相互打量著，想找出他們共同的特點。林爽也很奇怪，她真的看不出來他們有什麼相似之處。對了，他們都沒有戴帽子。不過這也算是共同點嗎？她覺得自己很可笑。

主持人向溫奶奶點點頭：「現在我們請溫老師來說一下他們共同的特點。」

會場一下子安靜了。

溫奶奶神祕的微笑著：「他們不是一個班的，也不是都是六年級，但他們都有一個共同的名字——他們都叫林爽——」

全場驚叫著：「哇——」接著就像開了鍋。

「哇！同名同姓的這麼多呀！」

前面的四十一個同學也驚異的互相看著，彷彿看到了另一個自己。

主持人大聲說：「下面，我們請溫奶奶講一講林爽的故事。」

會場安靜了。

溫奶奶的聲音很動聽：「……我認識一個男孩子，他是我的鄰居，他的名字也叫林爽。那是個非常好的孩子。但他不幸得了重病，躺在醫院裡。有一次，我到醫院去看他，發現他的床頭有一封沒有發出的信。收信人名字寫著林爽，我覺得有些奇怪，難道是他自己寫給自己的嗎？看了信我才明白，他雖然病了，可他還想和大家一樣在教室裡聽課，在操場上和同學一起玩……。」

演播室安靜極了，沒有一點聲音。

溫奶奶接著說：「看著這封信，我很感動。我想，我能不能幫助他實現這個願望呢？我查了我們城市所有小學的地址，把他的信抄了許多封，寄了出去。根據我的經驗，在這麼多學校中一定會有幾個也叫林爽的同學，他們當中一定會有人回信……。讓我感動的是，一個星期以後，我一共收到了十六封回信。還沒有看信的內容，我的眼睛就溼了。因爲有那麼多善良而又熱心的孩子在關心著別人。」

有人鼓掌，有人響應，掌聲連成一片。

「後來，我把這些信念給病中的林爽聽。聽著信的內容，他是那麼高興，眼睛睜得大大的，一絲微笑浮現在蒼白的臉上。我看見他眼睛裡的幸福和寧靜，我雖然沒有見過天使，但我覺得那就是天使的神情。當時他的病已經很重了，沒有辦法給大家寫回信。我找了電視台，希望他們能幫我聯繫一下所有的林爽，來表達我和林爽的謝意……。」

演播室裡傳來有人咳嗽和抽動鼻子的聲音。

「在這期間有個林爽，在沒有接到一封回信的情況下還接連寫了三封信。在最後一封信裡，她畫了一隻紅嘴巴的小鳥，她說請告訴她地址，她要帶著眞的紅嘴巴小鳥去看望得病的林爽……。」

林爽臉紅了，低下了頭，看著自己的腳尖，估計溫奶奶說的就是自己了。別再往下說了，她覺得不好意思了。

「她就坐在你們當中。她是個普通的孩子，但她是個善良的孩子，是個好孩子。」

有人叫起來：「誰呀？站起來讓我們看看！」許多人站起來朝場子中間看過來。

溫奶奶微笑著搖搖頭：「我謝謝這些善良的心，但我們有過約定，她不願意……我也想了，她就是那隻紅嘴巴的小鳥，人一多了，她就會飛走的……。」

窩囊的發明

林爽是個胖胖的小姑娘，現在正上小學六年級。

晚上十點半。

林爽正在狼狽的用鉛筆抄字詞。老師交代的作業是一個生詞抄二十遍。一共是二十個生詞……，抄的速度越來越慢，最後她趴在桌上睡著了。

迷迷糊糊的，她眼前出現一隻大手正拿著排筆蘸著塗料刷牆。那是他們家剛剛分了新房子的時候。屋子裡的裝修還不錯，就是牆上有些地方有些髒。媽媽皺起眉頭。爸爸說往牆上刷塗料的活兒很容易，不用再另找工人，於是自己買了一桶塗料說幹就幹。

林爽看著爸爸手中的工具問：「爸爸，這是什麼刷子啊？」

爸爸說：「這不叫刷子，這叫排筆——」

林爽仔細看著，可不是嗎，就是一枝枝的「墨筆」排在一起嗎！不過那「墨汁」是白的就是了。

林爽不睏了。心想，我要是有枝「排筆」就好了。她從櫃子、筆筒和鉛筆盒裡找出許多鉛筆。試圖用橡皮筋把它們捆成「排筆」。鉛筆可不那麼聽話，每次「試驗」到最後，鉛筆都變成了「一捆」。林爽懊喪的拍拍腦門。

林爽把自己的想法告訴了爸爸，爸爸居然很感興趣。於是星期天，趁著媽媽去參加她們老同學聚會的機會，爸爸和林爽「大幹」一場。

吃飯的桌子上擺滿了諸如鉛筆、膠條、小釘子、小鋸條、小木條等等材料和工具。

林爽在爸爸的幫助下正在「研製」如何將鉛筆組成「排筆」。

爸爸在作業本上用尺量了量說：「林爽，本子上行與行的距離是八毫米，筆芯和筆芯之間的距離也要是八毫米……五枝鉛筆怎麼樣？」

林爽想了一下，用手比了比說：「四枝鉛筆就夠了，多了就不好用了……。」

經過半天的奮鬥，「排筆」終於做成了。關鍵是那兩個夾住四枝鉛筆的夾子。

星期一上學的時候，林爽看看左右沒人，神祕的拿出她的「排筆」給她的同桌，一個瘦瘦小小叫卡白的小男孩看：「這叫快速書寫器，可以提高四倍的速度。」

沒有料到坐在他們後排的李見吉也在伸著脖子偷看。

「哪兒買的？」卡白問。

林爽微笑著搖搖頭。

「你的作業都是用這個東西寫的嗎？」卡白又問。

「不是，爸爸說，這個東西只能玩，不到萬不得已的時候不能用！」

第二節下課的時候，方老師突然把林爽叫到辦公室。林爽很奇怪。

老師拿著林爽的語文作業本問林爽：「這是你一筆一畫寫的嗎？」

林爽想了一下說：「是啊！」

「知道老師爲什麼讓你們一個生詞寫二十遍嗎？」

「知道，是爲了讓我們加深記憶。」

「知道就好……聽說你發明了一個什麼書寫器？」方老師特意在「發明」上加了重音。

林爽愣住了。

「拿來我看看，也讓我長長見識。」

林爽知道壞了。可她不知道方老師是怎麼知道的。

林爽回到教室，把「書寫器」交給了老師。

方老師仔細看了看問：「好用嗎？」

林爽不敢說話。

方老師自己試了試說：「還行，效率肯定能提高。」

林爽有點高興了。沒有想到，方老師的表情突然變得嚴肅了。但口氣還算平靜：「你把它叫什麼？」

「排筆……。」林爽小聲說。

方老師搖搖頭：「在我看來，這是投機取巧的工具！應該叫懶筆！」

林爽咧咧嘴。

方老師接著說：「林爽，我們有些同學幹正經事腦子不夠用，搞邪門歪道腦子倒是滿靈的。不但靈，還有富餘。我讓你們一個字寫二十遍，我爲了什麼，不就是讓你們加深記憶嗎？如果這樣，我們用複印機好了，比這個東西不是更好嗎？林爽，你今年是六年級了，考初中了……知道嗎？」

林爽點點頭。

「這個東西是你自己做的嗎？」

「在爸爸的指導下做的。」林爽小聲說。

方老師很吃驚：「你爸爸幫你做的！你爸爸怎麼能幫你做這種東西呢？」

林爽很後悔，她不應該「出賣」爸爸。但爲時已晚。

回到教室，林爽問卜白：「是不是你跟老師說的？」

卜白拚命的搖頭。

李見吉在後面肆無忌憚的哼起了歌。可見得意的程度。

晚飯的時候。林爽和爸爸都像學生一樣站在那裡聽媽媽「訓話」。不同的是林爽低頭看地，爸爸抬頭看天。

媽媽說：「你們幹正經事腦子不夠用，搞邪門歪道腦子倒是滿靈的。不但靈，還有富餘。老師讓你們一個字寫二十遍，老師爲了什麼，不就是讓你們加深記憶嗎？如果這樣，我們用複印機好了，比這個東西不是更好嗎？」

林爽知道方老師一定給媽媽打電話了。媽媽說的話都和老師一模一樣。林爽忍不住插嘴：「媽媽，我知道你下面要說什麼了。」

媽媽問她：「說什麼？」

林爽學著媽媽的口氣說：「林爽，你今年是六年級了，馬上就要考初中了……。」

媽媽打斷她：「林爽，你不要耍貧嘴。」說著她用手把爸爸拉過來一點，「哎！你是林爽的爸爸，受過高等教育。你幫助孩子做這樣的東西，你就不覺得慚愧嗎？你這是幫她還是害她？馬上就要考初中了，你心裡就不著急嗎？」

爸爸說：「她的時間有限，我就是因爲著急，才幫助她做的。」

最後，林爽和爸爸都承認了錯誤。林爽挨批評比較多了，承受能力也大。今天唯一讓她難過的是，連累了爸爸。在她的記憶中，爲了她，這是媽媽對爸爸最凶的一次。

不料，媽媽還沒有完，她一定要林爽和爸爸每人寫一份書面檢查。林爽的檢查要六百字，爸爸的要一千字。媽媽還有一句非常殘酷的幽默話：「用你們的高科技成果來寫吧！效率會提高四倍。」

林爽在自己的小屋裡寫。爸爸在客廳裡寫。寫著寫著，林爽心中有些不忍。她悄悄溜到客廳對爸爸說：「對不起，讓你跟著受苦了。我替你寫吧！」

沒有想到，爸爸卻笑咪咪的看著她說：「沒關係，你先做作業，我寫好了，你抄我的。」

林爽眞是好感動。她低頭去看爸爸眼前的茶几，一頁稿紙已經寫滿了。題目是：

欲速則不達！

……

本來，做「懶筆」的事情就這樣窩窩囊囊的過去了。可誰也沒有想到一個星期以後的一天，林爽和楊曉麗走到一家商場的門口。迎面的廣告上寫著：小學生的好消息，熱銷快速書寫器！

林爽給嚇了一跳。急忙跑到櫃台前一看，櫃台裡居然擺著一排和她與爸爸「發明」的「排筆」一模一樣的東西，不過是花花綠綠的，什麼規格，什麼顏色的都有。一看就是「正規軍」——成批生產的。

林爽幾乎要驚呆了。這世界怎麼這樣啊！

香水

星期天，林爽跟著媽媽逛商店。走到化妝品櫃台前面，媽媽又走不動了。

媽媽拿了一瓶CD牌子的香水左看右看。

林爽忍不住提醒媽媽：「媽媽，你都有好幾瓶香水了，還買呀！」

「我有用處，你不用管。」媽媽居然很快的就交了錢。

「有什麼用啊！就是買了在那裡放著。」

媽媽沒有理她，從售貨員手裡接過包裝好的香水。一邊走一邊對林爽說：「林爽，我告訴你一個祕密。」

林爽奇怪的問：「什麼祕密？」

媽媽說：「我告訴你，後天是你們方老師的生日。」

「是嗎？你怎麼知道的？」

「怎麼知道的你不用管！」媽媽指指那個香水的包裝袋，「你明天把這個送給你們老師，記著別忘了說：『方老師，祝你生日快樂。這是我媽媽送給你的禮物。』」

林爽不說話。

「聽見沒有？」

林爽搖搖頭：「我不想送……我想送給方老師一張賀卡。」

「賀卡和這個一起送。別那麼小氣。」

林爽搖搖頭。

「爲什麼？」

林爽低著頭：「不爲什麼。」

媽媽著急了：「你看你這孩子，我和你說，方老師爲你們操心費力，給你們補課一分錢也不要……你是不是不喜歡方老師？方老師雖說挺嚴厲的，但那是爲你們好哇！」

林爽說：「我不是不喜歡方老師，方老師挺好的。可這樣送禮給老師不是拍馬屁嗎？」

「哎呀！這怎麼叫拍馬屁呢？我們這不叫送禮。祝賀老師的生日有什麼不對嗎？你們同學過生日不是還互相贈送禮物嗎？我們趁這個機會謝謝方老師也是應該的呀！」媽媽說。

「送禮物和送禮不一樣。」

媽媽奇怪的問：「你說什麼呢？我還第一次聽說，送禮和送禮物不一樣！你說，怎麼不一樣？」

林爽說：「送禮物用的錢少，表達一種感情。送禮用的錢多，是想求人辦事。」

媽媽的表情變得很古怪，主要是她覺得女兒的想法太古怪。她愣了一下驚奇的問：「我要求老師辦什麼事兒了？你這些想法都是聽誰說的？你告訴我，花多少錢算送禮，花多少錢算送禮物？」

「我也不知道……反正就是一種感覺。」

媽媽變得嚴厲起來：「我告訴你，你的感覺不對！這次你一定要聽媽媽的。聽見了嗎？不要當著別的老師的面送……。」

第二天早晨，金玲和好朋友楊曉麗一同走進校門口。林爽緊緊捂著書包。朝教室走的路上，林爽對楊曉麗說：「你先去教室吧！」

「你幹麼去？」楊曉麗問。

「我去找方老師問個題。」

「什麼題？」楊曉麗又問。

「你今天怎麼啦？」林爽著急了，楊曉麗怎麼這麼黏糊哇？

「我怎麼啦？」楊曉麗也覺得今天林爽有些奇怪。「你一定有什麼祕密？」「眞討厭，你這個沒有良心的，我瞞過你什麼呀！」

「好吧，好吧，你就一個人去吧！」楊曉麗豁達的說。

林爽一個人走在辦公室前邊的甬道上。嘴裡開始不停的「背誦」：「方老師，祝您生日快樂，這是媽媽送給您的禮物……。不對不對！這是我媽媽送給您的禮物。」

來到辦公室的門前，正要喊報告，辦公室的門「自己」開了，方老師和另一個老師走了出來。

林爽遲疑了一下說：「方老師早，李老師早。」

方老師點點頭：「林爽，有事嗎？」

林爽搖搖頭：「沒事！」

「還不快去上課。」方老師說。

林爽只好快快的走回教室。

這一節正是方老師的課。下課的時候追上方老師把禮物送給她，林爽想。

下課鈴聲終於響了。

林爽抬起頭緊緊盯著方老師。手放在課桌裡，攥著一個報紙包。

方老師收拾了課本和教案。林爽正要站起來，卻看見班長胡梅走到老師跟前說話。林爽心裡那個著急啊！

好不容易胡梅的話說完了。看樣子方老師要出門。林爽站起來剛走了兩步。不料方老師又走了回來。她讓副班長劉見吉跟她到辦公室拿東西。

林爽嘆了口氣，又坐下了。

同桌男生卞白始終奇怪的看著林爽，他覺得林爽今天有點異常。他問：「林爽，你怎麼啦？」

林爽急忙掩飾：「我沒怎麼呀！」

就這樣，林爽一天也沒有機會單獨見到方老師。

等到下午放學的時候。同學們陸續走出校門。林爽拿著「東西」來到操場的邊上，這地方緊挨著方老師的辦公室。可惜現在辦公室裡人太多。

操場上，許多同學在踢足球。

林爽站在操場邊上。眼睛不時地看著方老師辦公室的方向。她的書包放在一個水泥做的乒乓球台子上，旁邊就放著那個報紙包裹的重要禮物。

兩個同學帶著球跑到林爽的前面，滿頭大汗的拚命搶。林爽聚精會神的看著。

球突然從一個同學腳下飛出，飛到水泥台子上。報紙包被砸到地上。

林爽大吃一驚，急忙跑上前，抱起報紙包。

報紙包上滲出水跡。一股濃郁的香味兒瀰漫在周圍的空氣裡，林爽愣住了，踢足球的兩個傢伙早已跑得遠遠的。他們剛才到這裡拚命搶好像是專門爲了來闖禍的。

林爽捧著禮物哭了起來。

背後突然傳來方老師的聲音：「林爽！怎麼啦？」

林爽回過頭看見老師，一時不知道說什麼才好，她哭著說：「方老師，生日快樂——」

方老師愣住了：「你怎麼啦？是不是足球碰到你啦？」

林爽連連點頭。不知道爲什麼，她不肯把香水的事情告訴方老師。她張不開嘴。

方老師慈愛的摸摸她的頭，又仔細看看林爽的臉說：「沒事！不要緊的。」

晚上，林爽向媽媽訴說了CD香水的遭遇。

媽媽咳聲嘆氣的說：「我的女兒啊！你怎麼一點也不隨你媽媽呀！你的辦事能力怎麼這麼差呀！你和老師說香水的事情了嗎？」

「沒有說。」

「怎麼不說呀？」

「香水瓶都碎了，還說什麼呀。我說了祝她生日快樂了。」

「林爽啊，林爽啊，你可眞是要氣死我了。」媽媽眞的是快氣暈過去了。

夢斷三角蛋

一

好像是黃昏時分，遠處楊樹林的上方有輪橘紅色的落日。

林爽一個人惶恐的走在四周空曠的小路上。林爽是個胖嘟嘟的六年級女生。她奇怪，剛才同來的夥伴怎麼都不見了呢？

眼前出現了一幢大房子。一扇厚重的大玻璃門敞開著。

林爽邁上台階走了進去，大廳裡空無一人。只有自己的腳步聲。環顧四周，不由使人心生恐懼。

林爽大聲喊起來：「有人嗎？」

聲音在大廳裡迴盪。盪來盪來，聲音的調子也變得不可琢磨，有緩有急，有高有低，有的成了和弦，有的成了噪音。好像也不是林爽的聲音，倒像是許多人在給她起鬨。

門吱扭一聲在她的後面關上了。林爽回過頭，剛才還大敞遙開的門怎麼就自己關上了呢？她的心急劇的跳動起來。

林爽轉身跑到門前推門，卻怎麼也推不開。

大廳裡響起了一陣笑聲。那聲音有些沙啞和陰森。

林爽驚恐的茫然四顧。林爽叫起來：「我要出去——」

那個聲音卻說：「小姑娘，猜對了我的謎語，就讓你出去。」

……

林爽驚恐的看著、聽著，不知道聲音來自何處。

那個聲音說：「聽著，我在河邊的蘆葦裡撿了一個三角形的蛋，你猜猜，它孵出了什麼？」

三角形的蛋！從來沒有見過三角形的蛋啊！

林爽顫抖的說：「孵出了一隻小鴨子。」

「不對——」

林爽又說：「是一條小蛇。」

「不對——」

「那是一隻小鳥——」

「還是不對——我告訴你。你只有最後一次機會了。」

林爽環顧四周，突然看到了大門的旁邊有一扇敞開的窗子，林爽向窗子跑去。

林爽跑啊跑啊，卻怎麼也跑不到窗前。

眼前出現了幾個同學，那幾個傢伙也不知道是從哪兒跑出來的。只看見他們也在朝窗子奔跑。

男生劉見吉跑到窗前，跳了出去。

男生卞白跑到窗前，也跳了出去。

女生楊曉麗跑到窗前，也勉強爬了出去。

林爽最後終於跑到窗前，可是她胖胖的，怎麼也爬不到窗台上。

那個聲音在後面笑道：「小胖子，你跑不了啦！」林爽雖然沒有回頭，但她似乎看到背後出現了一張猙獰的臉和一隻毛茸茸的大手。

林爽跳到玻璃門前，舉起拳頭朝玻璃門砸去。

嘩啦一聲，玻璃門碎了。

躺在自己床上的林爽，揮動著手臂將床頭櫃上的一個玻璃杯打到地上，水花和碎片飛濺起來。

林爽醒了，猛地從床上坐起來。

隔壁房間裡傳來媽媽的聲音：「林爽，怎麼啦?你沒事吧？」

林爽飛快的起床穿衣服，打掃碎片，用抹布擦去水跡，疊被子，洗臉刷牙。背上書包，從冰箱裡拿出一盒牛奶和一個麵包。然後跑到媽媽、爸爸的臥室門前：「媽媽、爸爸再見。」

屋裡傳出媽媽、爸爸的聲音：「再見——」

「林爽，帶牛奶了嗎？」媽媽問。

「帶了——」林爽回答。

大門在林爽的身後關上了。此時才是早晨六點半鐘。

爸爸一面穿衣服一面說：「這孩子也眞夠不容易的。以後，我給她做早飯。」

媽媽嘆了口氣說：「唉！做了她也沒時間吃。」

林爽走進教室，來到自己的座位上，她的同學是個瘦瘦小小的男生，名字叫卞白。

林爽從書包裡拿出牛奶放到卞白的桌上。

好像對暗號似的，卞白從書桌裡拿出一盒橙汁，放到林爽的桌上。

卞白開始喝牛奶。林爽拿出麵包吃起來，卻沒有動橙汁。

卞白把橙汁往林爽那邊推了推。

林爽拿起橙汁，插進吸管喝起來說：「我就是不喜歡喝牛奶，我媽非讓我帶，以後你不用給我帶橙汁。」

卞白搖搖頭：「我不能白喝你的是不是？」

「那怕什麼，眞小器！」林爽說，「你下次千萬別帶了，我還要減肥呢？甜東西喝多了不好。」

「你快喝呀！」卞白說。

林爽微笑著說：「喝完了。」說著用手一攥，橙汁盒癟了。

「我靠！」對於林爽吃東西的速度，卞白眞是吃驚！一個女孩！

正在這時，副班長劉見吉走了過來，他除了學習好，其他都不怎麼樣！林爽這樣評價他。劉見吉看見林爽手中的橙汁盒叫了起來：

「林爽，你找死啊？還喝甜的。」

沒等林爽說話，卞白搶著說：「林爽不算胖，喝一點沒關係。」

劉見吉搖搖頭：「不光是胖的問題。」

「還有什麼問題？」

「最近科學調查證明，甜的吃得越多，人就越笨，還有，甜的吃多了，人會增加攻擊性。」

說。

「什麼意思？」

「什麼意思？就是有暴力傾向。」

「瞎說。你自己發明一個什麼觀點就說是科學調查證明。」林爽

「我瞎說！這是報紙上登的。」

卞白說：「林爽一點也不笨。」

「喲——喲——還不笨呢！賣了半天力氣，都使出吃奶的勁了，學習還是中等。」

林爽攥了攥拳頭：「劉見吉，你是不是想打架啊？」林爽雖說是女孩子，可是她很勇敢，身體又壯，不但沒有哪個男生敢欺負她，就是別的女生受了欺負，林爽還經常「拔刀相助」呢！

「你看你看，甜的吃多了吧！科學就是科學啊！」劉見吉攤開兩手，居高臨下的說。

周圍的同學看見有熱鬧，一起圍了上來。

卞白說：「大科學家牛頓、愛因斯坦小時候學習都是中下等，你說他們笨嗎？」

劉見吉說：「哎，我出個腦筋急轉彎，她要是猜出來她就不笨。」

卞白看看林爽，他眞擔心林爽的實力。

「我出個腦筋急轉彎你也猜不出來。」林爽說。

「我猜不出來？」劉見吉冷笑著，「你說，你沒準連題目都沒有！」

林爽愣住了，她還眞的沒有什麼腦筋急轉彎的題目。想起一些也都是老掉牙的。爸爸經常說，腦筋急轉彎這種東西簡直就是胡思亂想，胡說八道，胡攪蠻纏，胡言亂語，把小孩子的思維都搞亂了。因此林爽對這種東西根本不感興趣。

「怎麼樣？連題目都沒有吧？」劉見吉一副得意的樣子。

林爽突然想起了自己夜裡做的那個夢，心中一陣高興。那個「魔鬼」給她出的題目不是正好問問劉見吉嗎？

林爽成竹在胸，咳嗽了一聲，清清嗓子，不慌不忙的說：「我在河邊的蘆葦裡撿了一個三角形的蛋，請問這蛋裡孵出了什麼？」

大家都愣住了，第一他們沒有聽說過這樣的問題，第二林爽居然能問出這樣的問題，眞是出現奇蹟了。劉見吉也愣住了，他小看林爽了。

劉見吉想了想說：「孵出了一隻小恐龍。」

「不——對！」

「孵出了一隻小烏龜。」

「不——對！烏龜的蛋難道是三角的嗎？」

「標準答案是什麼？」劉見吉問。

林爽心裡咯噔一下。她的確不知道什麼標準答案，說不定就沒有答案。夢裡的問題誰來給你答案呢？

她笑笑說：「我也不知道。」

大家失望的叫道：「眞沒意思！以後我們再也不聽你瞎說了。」

劉見吉大聲說：「我宣布，林爽是個大騙子！是我們中間最笨的人！」

林爽有些尷尬，她定定神站起來指著劉見吉大聲說：「誰是騙子！誰是最笨的人！你們把答案寫在紙條上交給我。答對了有獎！」

劉見吉窮追猛打：「你要是沒有標準答案呢？」

林爽硬著頭皮：「我有！」

「要是萬一沒有呢？」

「就是有！」

「萬一沒有，你就在教室的地上爬一圈。」劉見吉說。

林爽想了一會兒，咬咬牙說：「要眞的沒有，我就在教室裡爬一圈。」

「什麼時候宣布標準答案？」劉見吉問。

「一個星期吧！」林爽想了一下說。

「你想耍賴呀！不行——」劉見吉說。周圍的同學也一起叫起來：「不行——」

林爽臉紅了：「你說什麼時候？」

「最晚明天早晨這個時候。」

「行——」林爽破釜沉舟了。

二

上課鈴響了。

班主任方敎師走進敎室。同學們起立後坐下。林爽低著頭，手裡攥著一把小紙條，看一張往桌子裡放一張。

方老師的目光投射過來。林爽渾然不覺。

卡白用胳膊捅捅她。林爽抬起頭。

方老師走到林爽跟前：「林爽，忙什麼呢？」

林爽急忙站起來說：「沒有忙什麼？」

「手裡拿那麼多紙條是什麼？」

林爽不說話。

「告訴我，那是什麼？」

「是有獎猜謎的答案……。」

「念念我聽聽。」

林爽哭喪著臉：「老師，別念了，我下次一定注意。」

「一定要念。」

林爽為難的開始念紙條：「蛋裡孵出了一條小鱷魚……蛋裡孵出了一隻醜小鴨。」

林爽又拿出一張紙條，愣住了。

方老師很有興趣的問：「怎麼不念了？」

「這張不好。」林爽喃喃的說。

「好不好都念。」

林爽幾乎要哭出來。她慢慢念道：「三角蛋裡孵出了一個方老師。」

方老師從林爽手裡拿過紙條。看了一眼，也愣住了。

教室立刻安靜下來。

方老師抬起頭：「這是怎麼回事?這張紙條是誰寫的？」

林爽急忙說：「寫著玩的。」

方老師嚴厲的說：「我沒問你。」

教室裡死一般的寂靜。

「到底是誰寫的？」

同學們左顧右盼。卞白低下了頭。大家的目光也向他聚攏。

危急時刻，林爽「挺身而出」：「方老師，是我寫的。對不起……。」

方老師用手指敲敲桌子不高興的說：「林爽，知道爲什麼學習成績上不去了吧。腦子不用在正地方。」

林爽咬著嘴唇。方老師又看了一眼卞白：「下了課，林爽和卞白到我的辦公室來一下。」

來到辦公室，林爽和卞白低著頭站在方老師前面，擺好了挨訓的架式。沒過兩分鐘，一切眞相大白。

方老師突然像個小孩，她笑著問林爽：「能不能告訴我，標準答案是什麼？」

林爽看看卞白。

方老師揮揮手：「卞白，你先迴避一下。」

卞白怏怏的走出門。方老師把耳朵湊到林爽的嘴邊。

林爽小聲的說：「我還沒有答案。」

方老師失望的吸口氣：「林爽，你可眞是個傻大膽啊！我給你們出過沒有答案的題目嗎？你這孩子就是心裡沒數。」

上午四節課，林爽有三節半課的時間都在想那個「三角蛋」的問題。這可眞是自找苦吃啊！

一個上午過去啦，林爽還沒有想出標準答案。交上來的小條子裡面也沒有一個讓人滿意的。

下午放學的時候，她拉著好朋友楊曉麗剛要走出教室的門。劉見吉就攔住楊曉麗：「楊曉麗，替我做值日生啊！」與林爽相比，楊曉麗是個纖細的小姑娘。

「我都替你做好幾次了。」楊曉麗的聲音很小。

「再替一次，下次我替你。」

林爽覺得劉見吉太不像話了，楊曉麗也太好欺負了，於是上前一步，站到劉見吉面前說：「你一次也沒有替別人做過，還副班長呢！」

「跟你有什麼關係？多管閒事！」

「不公平的事兒誰都可以管！」

沒有辦法，劉見吉只好去拿笤帚。

林爽和楊曉麗來到街頭公園一片松牆的後面。林爽扔下書包開始在草地上練仰臥起坐。已經一個星期了，每天放學以後，好朋友楊曉麗都陪著她。

做完了十個，林爽坐起來大口喘著粗氣。

楊曉麗說：「林爽，你幹麼不在學校練呢？」

「我不願意讓他們男生看見。」林爽開始做第二遍。

「我看你媽媽也不胖啊！你怎麼不像她？」楊曉麗問。

「我隨我爸。」

「你爸也不胖啊！」

「我爸結實，再說我爺爺胖，可能隔代遺傳。」

「你這樣練，胳膊和腿都要變粗的，不好看！」

「那怎麼減肥？」

「跑步哇……其實你不算胖，瞎費什麼勁啊？」

「你別老說減肥的事兒好不好？」林爽有點煩了，這種事情做就是了，用不著說。

「那說什麼？」

「那個謎語你猜出來了嗎？」

楊曉麗搖搖頭：「你告訴我標準答案好嗎？」

「你猜啊，告訴你有什麼意思。你猜出來還有獎呢！」

就在這時，卞白帶著劉見吉和另外兩個男生向公園走來。走到松樹牆跟前，卞白指著前面：「就在那裡頭。」

劉見吉向兩個男生一招手：「注意隱蔽。」說完就貓起腰朝松樹牆的一個缺口跑去。

劉見吉悄悄靠近了林爽。林爽正在做伏地挺身。楊曉麗給她計數。

劉見吉突然出現在面前：「哇——不做值日生，原來在這裡減肥呢！」

林爽站起來氣憤的說：「劉見吉，你不要胡攪蠻纏。卞白，是不是你帶他們來的？」

卞白不好意思的說：「劉見吉說找你有急事，有好事！我才帶他來的。」

林爽指著卡白的鼻子：「卡白，你要傻死啊！你不知道劉見吉的話都是要打問號的嗎？」

林爽斜眼看著劉見吉：「什麼好事急事你快說。」

劉見吉陰陽怪氣的：「林爽，你那個謎語有標準答案嗎？」

林爽一愣，但立刻微笑著：「當然有了。」

「告訴我們呀！」

「不是說明天早晨嗎？」

劉見吉冷笑了：「你根本沒有什麼標準答案。我告訴你，出謎語的人要有智慧，光憑有力氣可不成。你現在要是承認沒有答案，我可以說服大家不讓你在教室裡爬，否則……。」

「我要是有答案呢？」

「你會有答案！哈哈，三角蛋裡孵出了方老師，這就是標準答案吧！」

說著，劉見吉圍著林爽一面跑圈一面大聲喊：「哦──三角蛋裡孵出了方老師──」

那兩個男生也跟著起鬨的跑起來：「哦──三角蛋裡孵出了方老師──」

起著鬨，然後一起跑掉了。

林爽狠狠的看著卞白：「你出賣朋友。」

卞白難過的說：「林爽，對不起，我不知道劉見吉會這樣。」

林爽不理他。卞白湊到林爽跟前：「林爽，你到底有沒有標準答案哪？」

林爽大聲叫起來：「卞白，你有病呀！」

林爽和楊曉麗走在林蔭道上。

林爽一邊走一邊掉眼淚。

楊曉麗拍拍林爽的肩膀：「你剛才都不哭，現在幹麼哭呀？」

林爽用手抹了一下眼睛，不說話。

「林爽，你別哭了——你不是特堅強嗎？」

林爽又抹了下眼睛，笑了：「我就是特堅強！我爸爸說了，當著壞人不能哭。有眼淚不能流在臉上，要流在肚子裡。不能當著別人哭，要哭自己回家偷偷哭——這就是堅強！」

「你當著我哭了。」楊曉麗說。

「你是我的好朋友呀——」林爽摸摸楊曉麗的頭。

下小雨了，兩個女孩笑著跑起來。

三

回到家，林爽的心又變得沉重了。到哪兒去找標準答案呢？她不可能今天夜裡再做一個同樣的夢吧！就是做了同一個夢，那個「魔鬼」也不一定能把標準答案告訴她。眞是瞎想！昨天要是不做這個夢就好了。

班上的同學都是小孩，大人知道的多，請教請教他們。他們中間說不定有高人呢？林爽想到的第一個高人就是爸爸，可是問這樣一個問題，他肯定又要說這是胡思亂想。不過爸爸脾氣不錯，問問他。媽媽可千萬不能問，你問她一個問題，她會問你十個問題，比如，爲什麼問這個傻問題啊？怎麼不問問那些和學習有關的問題呢？那個嘮叨……。

媽媽、爸爸還都沒有回家，林爽來到了家前面的小街上，這裡到處都是商店。林爽和那些賣東西的人都是「半熟臉」。她進了一個店裡，說上兩句，就問那個「三角蛋」的問題。人家開始都莫名其妙，她解釋了半天，人家才笑著搖搖頭，心裡卻在嘀咕，這孩子今天有毛病。問了一條街，什麼結果也沒有。林爽的心有些慌了。

到了晚上，林爽問了爸爸。問的時候，她把自己的遭遇說成了是楊曉麗的遭遇。

「楊曉麗多可憐啊！你幫幫她吧！」林爽說。

爸爸說：「這個問題本身就不成立嘛！這個問題本身就是荒謬的

嘛！怎麼會有三角形的蛋呢！問題不成立，答案當然沒有！她只能自作自受。」

林爽傻了。

她開始自己想。躺在床上，她不住的叨念：三角形的蛋，三角形的蛋，三角形的蛋……。

一邊嘮叨她還不住的提醒自己，這可是腦筋急轉彎，不要用正常的思維。

都快一個小時了，林爽終於熬不住，睡著了。這次，她沒有再夢見魔鬼，卻夢到了楊曉麗和卞白。

林爽、卞白和楊曉麗圍在學校操場的雙槓前。

卞白：「你到底有沒有標準答案呀？」

楊曉麗：「就是啊！到底有沒有啊？」

林爽搖搖頭。

卞白和楊曉麗驚訝的說：「哇——你真行啊！」

卞白：「你膽子也太大了。」
林爽：「我原來以爲大家寫的條子裡會有一個標準答案的。」
楊曉麗：「這怎麼辦呀？你眞的要在教室裡爬一圈。」
林爽咬著嘴唇用拳頭捶自己腦袋。
卞白：「爬一圈倒沒有什麼，關鍵是太丟面子了。你這叫作繭自縛……我有辦法了。」
林爽和楊曉麗像遇到了救星：「什麼辦法？」
卞白：「反正標準答案是我們自己定的，找一個說得過去的答案，他們也沒有辦法。」
林爽搖搖頭：「我會想出來的，想不出來，我就爬一圈。」
楊曉麗和卞白哭喪著臉看著她。
林爽自言自語：「我撿了一個三角形的蛋，我撿了一個三角形的蛋，我撿了一個蛋，我爲什麼要撿一個三角形的蛋……。」
楊曉麗害怕的：「林爽，你沒事吧？」

林爽兩眼發直：「我爲什麼要撿一個蛋，我爲什麼要撿一個三角蛋，爲什麼不是圓蛋，而是三角蛋……。」

林爽突然跳起來：「我有標準答案了。」

林爽醒了，她一下子從床上坐起來。剛才的夢太偉大了，居然能夠在夢裡想出答案。她比魔鬼厲害多了，魔鬼只能出題目，可是答案是林爽自己想出來的呀！

四

第二天早晨，林爽剛一走進教室。亂烘烘的教室一下子安靜了，大家都看著她。林爽不慌不忙的走到自己的座位上，故意不說話。拿出外語書，裝模作樣的讀起來。

劉見吉忍不住了，他站到講台前大聲說：「大家注意，大家注意，昨天林爽讓我們猜一個謎語，我們大家還寫了許多答案。林爽什麼都沒有告訴我們。沒事人兒似的。這樣做是不是太過分了？」

許多同學一起響應：「是——」

林爽微笑著：「不就是一個答案嗎？」

「你倒說啊！」

林爽站起來：「大家昨天一共寫了二十八張條子。刪去重複的，一共有十八個答案。沒有一個答對的，因此都不能得獎。」

劉見吉說：「那謎語是你瞎編的。你自己也沒有答案。」

林爽看著劉見吉故意不說話。

劉見吉得意的說：「啊！實現自己的諾言吧！你們趕快把地掃一掃。」

一個同學果然就去拿掃帚。大家開始起鬨。等到那個同學把地「掃」完了。林爽卻走到講台前鄭重的說：「我現在公布標準答案。」

劉見吉一愣：「你別磨蹭了，我數一、二、三，不說就是失敗。」

他剛數了一，林爽就開口了：「標準答案是，三角蛋裡什麼也沒有孵出來。」

大家叫起來：「爲什麼？」

「因爲我撿了一個三角形的蛋，不是圓的，而是一個尖的，是不是？」

「是啊！尖的怎麼了？」大家又問。

林爽笑著說：「尖的蛋既然已經給煎熟了。當然什麼也孵不出來。」

哇——原來是煎蛋！

大家呆住了。無可奈何的看著林爽。

劉見吉叫起來：「太牽強了。」

「怎麼樣？劉見吉，有點難度是不是。你還號稱是腦筋急轉彎專家呢！」

卞白帶頭拍起巴掌來，馬上就有人響應，大家也覺得林爽的答案有道理。況且就是腦筋急轉彎嘛！大家從來沒有料到林爽在動腦子的問題上有這樣的表現。

剛才那個掃地的同學不高興了：「我的地白掃啦？」

「應該讓劉見吉爬一圈，林爽有了標準答案！」有人說。

大家起鬨起來：「對！劉見吉爬一圈！」

「事先沒有規定啊！只是說沒有答案林爽爬一圈，沒有說有了答案我就爬一圈啊！是不是？是不是？大家作證。」

「沒勁——」大家都知道劉見吉是個什麼時候也吃不了虧的人。

放學的時候，楊曉麗對林爽說：「我眞的挺佩服你的。」

「我這叫絕處逢生。」林爽說。

「這個謎語眞是你自己編的？」

「當然是了。」

「我才發現，你眞是挺聰明的。」

林爽臉紅了，她也第一次發現自己眞是挺聰明的。

老虎媽媽

「你還不起來，看看都幾點鐘了？」媽媽的大嗓門幾乎能叫醒全樓的孩子。

我一骨碌從床上爬起來。一看鐘——離上早自習只有半個小時了。我簡化了洗臉、刷牙、吃早飯等所有程序。只是沒忘記將作文本裝在書包裡。就是因為寫這篇作文，我才睡得那麼晚……。

剛一衝進教室，鈴聲就響了。好險啊！

學習委員吳小芬來收作文本。她哪裡是在收呀——簡直是在搶！

「我看看有沒有錯別字什麼的，待會兒就給你。」我懇求她。

「你昨天晚上幹什麼去了？現在看有沒有錯別字？考試的時候怎

麼辦？人家收卷子的人也這樣等著你嗎？現在就要嚴格要求自己懂不懂！」她那口氣跟胡老師的一模一樣。

沒辦法，我只好把作文本交給她。這篇作文我寫的是真實感受，還算比較滿意。要是沒什麼錯別字，沒準兒能得個好分數。

胡老師推門走了進來。吳小芬剛剛收完最後一本，在桌上搞得整整齊齊，面帶微笑的走到講台前，「胡老師，作文本都收齊了。」

「很好！放在這兒吧！」胡老師摸摸吳小芬的頭和藹的說。能被老師摸頭的人不多。吳小芬就是其中一個，而且是摸得最多的一個。

大家開始安靜的上自習。胡老師拿出紅筆開始批改作文。

上過學的人恐怕都會知道，老師當著學生的面批改學生的試卷或作文，學生就會產生一種莫名其妙的緊張心理，看不見也就算了，所謂眼不見心不煩……包括我在內，許多同學不時的抬頭看看老師手裡的那枝紅筆和眼睛，心裡在想——現在判的也不知道是不是自己的那本。

大約過了十分鐘，我抬起頭，看到胡老師正看著一本作文發笑。到了後來，她居然笑出聲來。

同學們也都抬起頭，望著胡老師。

胡老師發現大家都看著她，笑容一下子消失了。又恢復了往日那嚴肅的表情。她乾咳了一下說：「大家把手裡的書放下，聽我給你們讀一篇作文，大家聽一聽這篇作文好不好。」

因為本子平攤在桌子上，誰也不知道這是誰的。空氣頓時緊張起來。

胡老師帶著表情朗讀：「我的媽媽……我有一個老虎一樣的媽媽，她沒有老虎的牙齒，也沒有老虎的爪子，但她卻有老虎一樣的脾氣……。」同學們轟的一下笑了起來。

我的臉發燒了，頭也不由得低了下去，這正是我的「傑作」。

胡老師停頓了一下。同學們你看看我，我看看你。最後目光集中到我的身上。用不著介紹，我的表情已經給我做了廣告。

胡老師接著念道：「有天晚上，爸爸、媽媽正要休息。我們家的樓上響起了叮叮噹噹的聲音。媽媽忍不住喊了起來。樓上當然聽不見。媽媽就抄起了放在桌子的梳子去敲暖氣管子。噹，噹，噹……噹噹噹。樓上的人也不示弱，也敲起了暖氣管子。媽媽的老虎脾氣上來了，又用了三倍的力氣回敬他。啪的一聲，梳子被敲斷了……。」

教室裡很安靜，因爲誰也不知道這樣寫好不好。如果胡老師事先說這篇作文很好，大家一邊聽一邊會感嘆萬分；胡老師如果事先說這樣的作文很「臭」，大家會邊聽邊笑的……。

胡老師繼續念道：「第二天放學回家，我看到桌上放著兩把新買的梳子。我想，媽媽一定是想，如果今天再敲斷一把，還有一把可以梳頭……。我想，我要是年齡大了，我可千萬不要有我媽媽一樣的老虎脾氣……嘻……嘻……。」

作文念完了。我的心也提到了嗓子眼兒。宣判的時刻到了。這篇作文是好是壞，胡老師到現在一點暗示也沒有。

胡老師輕輕的指了我一下，「你站起來！」她的語調平靜中透著威嚴。

我低著腦袋站了起來。

「這篇作文是你寫的嗎？」

我點點頭。

「好，是你寫的就好。現在我來問問你，你的媽媽像老虎嗎？」

說實在的，有時在媽媽跟我和爸爸發脾氣的時候我眞這麼想過。但我現在不知道爲什麼不敢說。我搖搖頭。

「既然不像，你爲什麼要這樣寫呢？」

我低著頭一句話也不敢說。

「回答我！」胡老師窮追猛打。

我沒有辦法，只好抬起頭，「我在媽媽發脾氣的時候就想起了老虎……。」

胡老師不滿意的搖搖頭，「我教了這麼多年的書，還是第一次看到有學生將自己的媽媽比喻成老虎的。媽媽把你們生下來，又把你們辛辛苦苦的養大……。」胡老師說得很動感情。

我眞的急了：「我不是那個意思！我媽媽是個好媽媽，就是有時候脾氣有點不好……。」我當時眞想把心掏出來給胡老師看，給同學們看。

下課鈴響了，就像老人們常說的一句話——我就是渾身有嘴也說不清了……。唉，老師不是說要寫眞實感受嗎？怎麼一寫眞的就不行呢？

下午放學的時候，我剛剛走出教室，就聽見背後有人叫我。一回頭，原來是吳小芬。

「胡老師讓你到辦公室去！」吳小芬瞪者眼睛傳達胡老師的命令。

總不會因爲一篇作文就給一個處分吧？去就去，我給自己壯著膽子，腿卻有點發軟。好不容易走進辦公室，一抬頭先嚇了一大跳，除了胡老師，屋子裡坐著許多我不認識的大人。

胡老師滿臉堆笑的介紹說：「這就是我們班的李大米同學。來，大米。」她那和藹的樣子就像招呼一隻可愛的小貓。

我上前走了兩步，立定站好，手不知道往哪兒放，眼睛也不知道往哪兒瞅。

一個花白頭髮的老爺爺對我說：「我問你個問題好嗎？」

我點點頭。

「這篇作文是你自己寫的嗎？」

「是……。」

「這是你們家發生的真事兒嗎？」

「是……。」我有點害怕。不知道我的作文牽扯了什麼案件。

老爺爺站起身來，走到我的跟前，摸著我的頭髮，「李大米同學，你的作文寫得不錯！」

我蒙住了，我沒鬧明白，這「不錯」是什麼意思。

老爺爺指著屋裡的人說：「我們是小學生作文比賽的評委。我們今天剛好到你們學校開會，碰巧看到了你的作文。我們打算把你的這篇作文拿去評獎。」

啊！拿去評獎！我懷疑是自己的耳朵聽錯了。

老爺爺轉身對胡老師說：「我們也要謝謝胡老師的推荐。」

我不敢看胡老師。

胡老師說：「不！這不是我推荐的，是李老師拿給你們看的。我開始沒有看出這篇作文的優點，我還批評了他。」

我心中一動，胡老師這人眞好。這比她摸我的腦袋還讓我感到溫暖。

老爺爺對我說：「你媽媽看過這篇作文嗎？」

我心中猛地一跳。對了，幸虧老爺爺提醒了我——這篇作文可千萬別讓我媽媽看見呀！

獎賞

一、噴嚏

李大米是新民小學五年級一個普普通通的小學生。

他既沒有什麼可以誇耀的優點，也沒有什麼可以指責的缺點。唯一讓人矚目的就是他有個小毛病。別人打噴嚏一般是一至兩個，李大米只要開了頭，沒有八個以上是收不住的。他打噴嚏在班上也算是一個小小的娛樂節目，每當他在課堂上「表演」的時候，大家就可以放下手中的筆，不看老師的眼色，轉過臉，乘機說笑一會兒。

李大米爲他這種不由自主的表演很害羞，爲了讓手絹不但起到衛生的作用，而且要起到消音器的作用，他特意預備了幾塊質地柔軟但很厚很大的手絹，每到這個時候，他的大手絹幾乎蒙住整個臉。這樣，那聲音就不至於從哪個縫隙泄漏出來，聲音就會變得很悶。儘管這樣，有好事的同學還是不勝其煩的給他計數，等於把他削弱的聲音又給放大了，然後再「廣播」出去。這樣不算，他們還給李大米起了個他們並不認爲難聽的外號，叫「串噴」。據統計，最多的時候他打過十三個。

每當這個時候，李大米最怕看見女同學的眼睛。他年紀雖然小，但他很要面子，幸虧有手絹遮住了他燒得通紅的臉。

二、榮譽

李大米所在的學校是個很重視榮譽的小學。毫不誇張的說，榮譽是這個學校管理的法寶。迎著校門口有一幅很大的宣傳畫，一個少年先鋒隊員用手指著走進校門的學生：珍惜你的榮譽！

校長經常不離嘴的一句口號是：「我爲學校而自豪，學校爲我而驕傲！」

校長雖然是個女性，但她在果斷、幹練、勇敢、開拓等方面一點也不亞於一個能幹的男人，甚至有過之而無不及。除此之外，她還把女性的優點發揮得淋漓盡致。她喜歡整潔，她把校園整治得像她那美麗而又不失樸素自然的服飾一樣。她細緻，她請作曲家爲學校譜寫校歌；她請藝術家爲學校設計校旗和校徽；她親自爲每個班設計班徽。爲了讓榮譽看得見，摸得著，她給學校設立了許許多多的獎項。每個獎項裡又分金獎、銀獎、銅獎。除了金屬之外，還有用名人的名字命名的獎，什麼小牛頓獎、小魯迅獎……。乍看起來，這些獎項讓人眼花撩亂。校長卻把它們安排得井井有條，多而不亂。她專門有一個兩頁紙的文件就叫做：新民小學獎勵辦法和實施細則。

校長不但會工作，而且會生活。她在全校聯歡會上親自爲大家唱過很好聽的歌，也念過很有激情的詩……，小學生們對她眞是佩服得五體投地。

每當記者到學校來採訪的時候，總要情不自禁的說：「我們真沒想到，你這樣能幹的校長還這樣有氣質，這樣有風度！」

每當看見校長穿著剪裁得非常合體、一塵不染的西裝，梳著一絲不亂的頭髮，走過校園，或者走進教室的時候，女同學就忍不住去捋一下自己的頭髮，男同學不由得拽拽自己的衣襟。

俗話說，強將手下無弱兵。

在這樣的學校裡，學生們只要不是木頭疙瘩，沒有不積極努力的。這眞是後進學先進，先進的更先進。學校有那麼多的獎勵，你只要努力，即使得不到大獎勵，小獎勵也會輪到你的頭上。

話又說回來，沒得過獎勵的人也不是沒有，李大米就是其中一個。他也「好好學習」了，但沒有讓人看出來「天天向上」的成績。既然沒有看出什麼成績，獎勵當然也不會從天而降。眼看著別人一個一個得獎，沒得獎的人越來越少，壓力也就越來越大。

說起來，別人不信，連他自己也不相信。他從上小學到現在五年級，沒得過任何獎勵。李大米表面上不動聲色，心裡卻暗暗著急。有時候，他對獎勵也稍稍有些怨恨——如果沒有這麼多的人得獎，他就這樣平平常常的過，多好啊！沒得獎的人多了！可現在，別人「上升」了，讓他平空就比別人矮上半截，心裡就不好過了。

他清清楚楚的知道同班的劉學正從家裡拿了十塊錢，交給了老師，說是在校門口撿的。第二天朝會的時候，他就受到了表揚，得了一個拾金不昧獎。他沒有揭發，但他也不學。他知道那樣得獎是不正派的。

私下裡，他忍不住對劉學正說：「你這叫不勞而獲！」劉學正卻振振有詞的說：「我怎麼不勞而獲啦！我還交了十塊錢！」

有一次，他在別人做過衛生掃除之後，特意留在教室裡擦玻璃。倒不是假裝積極，坡璃實在是應該擦了。當然，他也希望老師恰好在這個時候推門進來……。可惜，天都快黑了，也沒有人來，只好快快的回家。

老師也不知道統計過沒有，從一年級到五年級沒得過獎的還有幾個人，如果統計了，老師一定會注意到他的努力。就像中午發午餐飯盒那樣——喂！誰還沒有？到這兒來領一個！唉！可惜得獎不是發飯盒。不吃飯有人管，不得獎怎麼就沒有人注意呢！

就在李大米爲得不到獎急得抓耳撓腮，甚至感到絕望的時候，幸運從天而降。

三、朝會

新民小學的朝會是非常莊重的。它不光是爲了鍛鍊身體，它還是一個很重要的儀式。它由升旗、做操、校長講話三部分組成。

首先，升旗儀式就與眾不同。與其他小學相比，除了隊伍整齊、歌聲嘹亮之外，每次升旗之前，學校的鼓號隊先要列隊出場演奏一番。雖說都是小孩子，可那莊重和嚴肅的表情，尤其是那熟練得已經很瀟灑的動作，就像皇家衛隊那樣的神氣，幸虧小學生的條件有限，否則騎著駿馬在學校裡轉圈也不是沒有可能的。演奏完畢之後，大隊輔導員要在全校師生面前莊重的宣布旗手和護旗員的名字。旗手和護旗員是要輪換的，要各班選出本班最優秀的學生，或者是有突出進步的同學來擔任。因此，旗手和護旗是一種很高的榮譽。像李大米這樣的「芸芸衆生」到畢業可能也沒希望。每次仰望冉冉上升的國旗和藍天白雲，李大米只有一個念頭：眞高啊！

唱完國歌以後，唱校歌，唱完校歌就是校長講話。校長每次講話都好像是精心準備的，一般情況下，大家都很愛聽。但也有小孩子不感興趣的時候。不是校長枯燥，而是內容枯燥。可是沒有人敢說一句話。隊伍裡只要有一個人說話或是做小動作，校長就停下，靜靜的看著這個人把「事情忙完」。因此在校長講話的時候，操場上做到了鴉雀無聲！

這一天，校長講到一件非常令人氣憤的事情，就是有人對落在湖水中的大天鵝開槍！校長動了感情，小學生也動了感情，操場上一片欷歔。就在這個時候，李大米開始打噴嚏，這對大家是猝不及防的，對李大米也是猝不及防的。他從來沒有在操場上打噴嚏的歷史，手絹沒帶在身上，因此聲音十分響亮。校長住了嘴，靜靜的等著他，本以爲一兩秒就會結束戰鬥，可是事情不像她想的那麼簡單。打到第六個噴嚏的時候，隊伍的情緒發生了變化。全校的目光一起轉向他。大家開始感到新奇，打到第九個的時候，大家想笑，但不敢笑出來，眼睛開始偷偷的看著校長。校長看著這個肉頭肉腦的小傢伙，一面用手捂著嘴，一面渾身抖動，開始是憤怒，後來覺得奇怪，接著是覺得這個小傢伙好可愛。最後，她忍不住笑了。就像是一個解放的信號！全場爆發出一陣歡快的笑聲，在李大米聽來，有一種排山倒海的感覺。

噴嚏打到第十二個的時候停止了。李大米渾身就像散了架子。他低著頭，沒臉見人，知道全校幾百人的目光正在看著他。他已經聽不見校長後來又說了些什麼。做操的時候，他知道現在距離拉開了，別人想怎麼看，就怎麼看。他就好像被放到玻璃櫃子裡展覽，任憑大家指指點點。他盼望著早操快點結束。可是一套操比一節課的時間還要長，他眞的熬不下去了。

有人拍他的肩膀，李大米抬起頭，校長站在他的身邊。校長顯得很高很高，須仰視才行。

校長摸摸他的頭：「怎麼了？不舒服嗎？」

「沒事兒……。」李大米幾乎要哭出來。

「到我的辦公室來一下。」

李大米像隻可憐的小狗跟在校長後面，他從來沒有這麼近的看著校長的皮鞋，他的耳朵裡只有校長皮鞋的嘎嘎聲。心想，好殘忍呀！靜止展覽不算，還要巡迴演出。老想得獎，老想得獎！這下，獎沒得成，在學校可成了名人。

跨進辦公室的門，李大米覺得輕鬆多了，現在沒有人再看得見他了。腦筋也開始活動起來：「校長找我幹什麼？就因爲是打噴嚏的事情嗎？我可絕不是故意搗亂啊！」

稍稍安靜下來的心，一下子又被吊到了嗓子眼兒。

「你平常也這樣嗎？」

「平常都是在教室裡……，朝會，這是第一次……。」

「有鼻炎嗎？」

「不知道……對不起……。」李大米有點兒想哭。

「沒關係，我看得出來，你是個很珍惜自己榮譽的同學。爲什麼這樣說呢？你看，你打了噴嚏，影響了老師講話。其實根本不怪你，可是你沒有滿不在乎，而是感到非常內疚，你是個很有自尊的好孩子。」

李大米低著頭，心裡非常感動。

「你上五年級了？」

「嗯——」

「你都得過什麼獎勵啊？」

校長的這句話就像抽掉李大米感情潮水的閘門，眼圈一下子紅了。

但李大米不願意像個小姑娘似的掉眼淚，他咬著嘴唇搖搖頭。

校長驚訝的眨眨眼睛。似乎在這個學校上到五年級，沒得過獎勵是件很希罕的事情。

「你是班幹部嗎？」

「不是，連課代表也不是……。」

「什麼職務也沒有嗎？」

李大米點點頭。

校長不再問了，開始在屋裡來回走，她走得讓李大米有點發毛。

校長終於站住了，微笑著對李大米說：「我給你個職務好不好？」

李大米的眼睛亮了，他抬起頭。

「這件事情要保密！」

李大米心裡很高興，他覺得校長就像上幼稚園時可愛的朱阿姨，眼睛亮亮的，和小朋友們做遊戲時的神態就是這個樣子。

「沒問題！」

「你還記得上星期五下午的大會嗎？」

「記得！老爺爺給我們講話。」

「你鼓掌了嗎？」

「鼓了，有時候還特使勁！」

「什麼時候鼓的？」

李大米摸摸腦袋：「記不清了，反正別人鼓，我也鼓。」

「我問問你，台上講話的時候，應該什麼時候鼓掌呢？」

李大米愣住了，他從來沒有想過這個問題。他只知道看電影的時候，好人勝利了，壞人失敗了，他都要鼓掌。至於講話的時候，怎麼鼓掌，他眞說不出來。

「我告訴你，其實一點也不難。」校長開始給李大米舉例分析：

那天的報告會上，李爺爺上來就說：「現在，小學生們非常辛苦，每天早起！晚睡！書包像個大筐……。」

他說到這兒，小學生們熱烈的鼓起掌來。其實老爺爺的話還沒說完。他接著說：但是，爲了將來能更好的爲祖國和人民服務，我們應該不怕苦、不怕累！古人說得好，少壯不努力，老大徒傷悲。這地方，應該鼓掌的，可是學生們卻連鼓掌的意思都沒有。聽講的老師們馬上帶頭，學生們才跟著瞎鼓了一通。

李大米還是沒聽明白，他覺得這比給文章劃分段落還要難！

「老師鼓，我們就鼓！」李大米說。

校長搖搖頭：「當然也可以，但是慢了一拍，就不是那個意思了。」

「那怎麼辦呢？」

校長神祕的說：「以後開會的時候，你時不時的看著我的臉，你只要看到我的手放到眼睛上的時候，你就帶頭鼓掌……。」

李大米忍不住咧嘴笑了，校長特別好玩。他點點頭。走到門口的時候，李大米又認真的問：「如果你不摸眼睛，我就不鼓掌了嗎？」

校長笑著說：「該鼓掌就鼓掌，如果只有我摸眼睛你再鼓，我的眼睛就該摸紅了。」李大米覺得校長說得也對。

「這件事情只有我們兩人知道，對誰也不要說！你就是我親自任命的鼓掌員！」

四、準備鼓掌

回到教室，課已經上了十分鐘，同學們都用好奇的目光看著他。大家都很關心他的遭遇和命運，連老師的眼睛裡都露出一種打探的神情。

這一切，李大米都注意到了。他暗想：「你們就是一個人猜一百次也猜不到這樣的結局。」

李大米腦海裡出現了那些久別電視螢幕的名人又突然出現在螢幕上的情景：他們接到廣大觀衆四面八方打來關心和詢問的電話，他們熱淚盈眶的說：「熱愛我的廣大觀衆，我告訴你們，我現在生活得很好！」

現在，李大米也想對大家說：「熱愛我的全班同學，我要向你們說，我現在生活得很充實……。」

李大米爲自己找到充實這個詞而高興，他有些被自己感動了。

餘下的大半節課，李大米激動的心情一直沒有平靜下來。他有一種被皇帝任命爲拿著尙方寶劍的欽差大臣的感覺。他要管理全校的掌聲了！

下課鈴一響，同學們就把他圍住了。

「怎麼樣？串噴，沒暈過去吧？」

看到劉學正那幸災樂禍的目光，李大米才記起了，他是爲了什麼才被校長接見的。剛才在操場上打噴嚏的一幕又霍地浮現在眼前，臉微微紅了一下，轉瞬又被心中的祕密取代了。

李大米平靜的微笑著。

大家問長問短，千言萬語化成一句話：「李大米，你怎麼不說話呀？」

李大米覺得有點對不起大家，而且也憋得實在是難受，可是又不能說。最後李大米選擇了一句有外交家風度的語言：「我只能告訴諸位，校長交給了我一個重要的任務！」

劉學正拍著巴掌笑得前仰後合：「有沒有搞錯呀！校長是不是讓你去金氏世界紀錄登記你的噴嚏紀錄哇！」

李大米胸有成竹，姿態也高了，於是不屑的說了句：「以小人之心度君子之腹。」

學校這些日子顯得很寂寞，既沒有木偶劇團來演出，也沒有勞動模範來做報告，也沒有革命老爺爺來演講，只有校長朝會的講話。她有時候講得也很精采，大家也照例鼓掌。關鍵是校長從來就沒有把手放到眼睛上，好像她把任命的「大臣」給忘記了。有一次，她講話的時候，把手放到了腮邊，李大米以爲她就要去摸眼睛了。可她的手卻滑到了腦袋後面，掠了一下頭髮，又垂下了。再說，那天講的是各班打掃清潔要注意關鍵部位的問題，也不值得鼓掌。

兩個星期下來，李大米大有英雄無用武之地的感覺。鼓掌的機會終於來了。李大米萬萬想不到這個機會是由劉學正創造的。

劉學正雖然得過「拾金不昧」獎，但他絕對是一個讓老師「煩心」的孩子。他的學習成績在班上倒數第一，上課說話做小動作，做衛生值日生能溜就溜。有了缺點不怕，關鍵他還拒絕老師的批評。每當他被老師「請」到辦公室的時候，他總是梗著脖子死不認帳。到了「證據確鑿」時，他又胡攪蠻纏，真是讓老師恨得牙根疼！

有一天，劉學正又被叫到辦公室。李大米恰好走到窗外，忍不住向裡面看了一眼，不看則已，一看嚇了一跳！劉學正的耳朵正被一位老師拎著，歪著脖子像隻小老鼠似的吱吱的叫。

李大米趕快跑回教室，他對誰也沒有講剛才看到的事情。

過了一會兒，劉學正回來了，滿臉都是水，一看就是在水龍頭剛剛洗了臉。李大米心裡明白他爲什麼洗臉。

「怎麼樣？」李大米關心但又裝做不經意的問。

「什麼怎麼樣？」劉學正驚覺的歪著脖子反問。

「你愛怎麼樣，就怎麼樣！」李大米看著劉學正那種毫不領情的樣子，氣就不打一處來，心想：「就是把你的耳朵擰下來我也不管！」

上課了，李大米偶爾回過頭，看看劉學正。劉學正始終趴在課桌上。李大米覺得劉學正有點可憐。

第二天早晨朝會之前，劉學正的媽媽領著劉學正找到辦公室。老師們看見劉學正媽媽那氣勢洶洶的樣子，再發現劉學正那隻紅腫的耳朵，頓時明白了是怎麼回事。

「哪個老師把我兒子的耳朵擰成這樣？」

老師們誰也沒看誰，但都沒有說話。

「我的兒子冇不好，你們也不能擰耳朵呀！要不是我看見他的耳朵腫成這樣，他還不跟我說呢！」

老師們明白了，不是劉學正告了狀，是劉學正的耳朵告了狀。幸虧耳朵只能說明結果，耳朵卻無法說明原因。

一個老師拿起書本：「劉學正，不是我擰你的耳朵吧！」

劉學正點點頭。

那個老師走了。

又一個老師說：「劉學正，是我擰的嗎？」

辦公室的空氣變得緊張凝重了。

劉學正心裡突然產生了一種異樣的感覺。每次他來到這間辦公室都是被審問的對象。可今天，他卻成了決定老師命運的審判官和證人。他從來也沒有看見過老師們這樣的眼神。他覺得老師的眼神不應該是這樣的！這感覺讓他憋得透不過氣來。他想喊，他想立刻逃走。

辦公室的門前和窗外擠著看熱鬧的同學。劉學正被老師擰了耳朵，劉學正的媽媽來學校的消息立刻傳遍了半個校園。

校長走進來。

劉學正的媽媽拍了一下劉學正的腰：「你啞巴啦！你說話呀！」

劉學正帶著哭腔喊道：「不是老師擰的……，就是老師擰的，也是爲我好哇！」

「到底是不是老師擰的？」

媽媽爲兒子臨陣退卻大爲惱火。

「不是——」劉學正尖叫著說。

辦公室很安靜，大家的心情卻一下子解放了。因爲無論在什麼情況下，體罰學生都是很不光彩的事情，尤其在這樣大庭廣衆之下。

老師們很驚訝，這樣一個看起來不可理喻的學生今天居然有這樣的表現。眞是讓人無法想像，擰了劉學正耳朵的老師對劉學正產生了一種感激和內疚的心情。

五、鼓掌

第二天朝會的時候，校長站在台上。

校長說：「我們五年級有個同學叫劉學正。昨天早晨，他的家長帶他到學校來說老師擰他兒子的耳朵……。」

操場上立刻安靜了。李大米更是恨不得把兩隻耳朵豎起來聽。

「這件事情很多同學都知道了，所以我要跟大家講一下。其實這是一個誤會，老師並沒有擰劉學正的耳朵。那麼是誰解開了這個誤會呢？是劉學正自己，他在關鍵的時候，說了實話。他既維護了自己的榮譽，也維護了學校的榮譽！今天我要在全校的集會上表揚他。」

操場上很安靜，李大米愣住了，他不明白事情怎麼會出現這樣的結局。明明他親眼看見老師擰了劉學正的耳朵，怎麼又說沒有擰呢！

就在這個時候，李大米分明看見校長將手放到了眼睛上。李大米沒有馬上反應過來，腦子裡還在想著耳朵的問題。

校長的手沒有立刻放下來，好像她的眼角有些癢。

李大米猛地想起來了，這不是校長一個偶然的動作，校長是在向他發信號。他該鼓掌了。李大米的手抖了一下，他下意識的往上抬了一下，又停住了。

校長似乎向這個方向隨便看了一眼。可能是看李大米，也可能是看劉學正吧！李大米低下頭。

掌聲響起來，也不知道是怎麼鼓起來的。李大米回頭看看劉學正，劉學正面無表情的看著天，也沒有鼓掌。李大米估計，整個操場上，沒有鼓掌的同學可能就是他們兩個。

李大米覺得他很對不起校長。他知道校長一定對他特別生氣和失望！可他是有原因的呀！他想向校長說明眞實的情況。

下了朝會，他先追上劉學正：「你爲什麼不說實話？」

劉學正梗著脖子：「我說的就是實話！」

李大米顧不上和他爭論，轉身又追上了校長。

「對不起，校長！」李大米氣喘吁吁的說。

「什麼對不起？你沒有做對不起我的事情呀！」校長很奇怪。

李大米呼吸有些急促，剛剛想好的台詞全都忘了。

「您把手放到眼睛上，我沒有鼓掌……。」

「我不明白你在說什麼？」

「您交給過我一個任務，讓我當鼓掌員——您只要把手放到眼睛上，我就帶頭鼓掌。」

「我讓你當鼓掌員！有這樣的事情嗎？」

李大米呆住了。他難道是在作夢嗎？他張著嘴，卻不知道說什麼好。

校長搖著頭，像是在自言自語：「一個不遵守信用的孩子是不會得到榮譽的。」

校長走開了。李大米一個人孤零零的站在操場上。他還是沒弄明白，校長難道眞的給忘了嗎？不可能呀！如果校長生了他的氣，爲什麼不批評他呢？校長爲什麼不問問他爲什麼不鼓掌呢？

一隻蒼蠅很不識相的圍著李大米的腦袋飛舞。他估計那蒼蠅又盤旋在左上方了。於是掄起巴掌狠狠的扇去。蒼蠅沒打著，眼角卻被巴掌掃了一下，生疼生疼的。他眞想大哭一場。上課鈴響了，李大米向教室跑去。

給他們上課的就是擰劉學正耳朵的老師。看著老師滿臉的皺紋和他那有些佝僂的身軀，很難想像，那麼響亮的聲音怎麼會從他的狹長和瘦弱的身體裡發出來……。李大米突然想起另一個問題，如果眞的向校長說明了眞相，老師會不會受處分呢？

一瞬間，李大米突然覺得鼓掌員的任命是校長在和他隨便開的玩笑。既然是玩笑，就不要當眞。

一個星期以後，一天下午放學走出校門的時候，傳達室的老大爺交給李大米一封信。李大米很奇怪，打開信一看，愣住了：

李大米同學：

對不起！我錯怪了你。我已經了解了眞實的情況。你是一個誠實的孩子。一個好的鼓掌員，該鼓掌的時候就要鼓掌，不該鼓掌的時候就不能鼓掌！

你的朋友

看著信，李大米很感動，他又開始打噴嚏。沒有想到，這次噴嚏只打了兩個就停止了。

「侃協」祕書長

一

整整一個星期天的下午，劉貴貴都在寫一份申請書。

劉貴貴眼前的白紙上端端正正的寫著：我申請加入「中國侃大山協會」。

寫下這個題目很容易，關鍵是下面有一條，要求寫上爲什麼要加入「侃協」，加入「侃協」的偉大意義。

劉貴貴冥思苦想了半天，好不容易才寫下這麼幾句：加入「侃協」可以鍛鍊自己的口才，增長知識，豐富課餘文化生活，搞好和同學們的關係……。可劉貴貴覺得這樣寫太空洞，太沒有水平，還沒有將自己要加入「侃協」的強烈心情寫出來。而且這樣寫太呆板，不幽默，有悖於「侃協」的宗旨，八成不會被批准……。

趁著劉貴貴繼續構思的時候，我們向大家介紹一下什麼是「侃大山協會」。

隨著歷史的發展，社會的推移，人們在某一天突然發現原有的一些字眼兒和詞句已經不能充分表達自己的思想感情。於是一些稀奇古怪的詞兒就應運而生。沒有人去考證它的出處，也沒有人去論證這些字眼兒是否規範和科學。只是念著帶勁，說著痛快，於是約定俗成，不翼而飛，不脛而走，迅速推廣開來。

「侃大山」就是北京近年來一句新興的土語。它原來的意思是聊天、閒談，像東北人說的「嘮嗑」，四川人說的「擺龍門陣」……，可是，近幾年聊天卻有了很大的發展，長足的進步。從內容到氣氛，從形式到勇氣，再加上海闊天空，胡說八道，吹牛皮不上稅，聊天這個字眼兒已經不能擔負起這樣繁重而光榮的任務了，即便說神聊也不夠味兒，於是統統歸爲一個「侃」字。爲了念著形象，更有意境，人們就把這種常見的生活現象叫「侃大山」。「侃」字是砍樹的砍，還是侃侃而談的「侃」，這不重要，關鍵是人們有著需要更新的強烈願望。即使沒有「侃」字，人們也會發明一個新的詞來代替「聊天」這個四平八穩的東西。

在北京一所不起眼兒的中學裡，也藏龍卧虎般的出現了幾個「侃」欲十足的半大小子，年齡都在十四、五歲。爲首的外號叫網猴。小伙子臉上十分消瘦，除了負責說話和吃東西的咀嚼肌十分發達之外，似乎全是皮貼著骨頭。

網猴從不主動向別人「侃」，似乎意識到自己的地位，態度十分矜持。可是不管他出現在哪裡，熱心的聽衆就會立刻圍上來，鐵屑飛向磁石一般。百般請求，千呼萬喚，他才開始「侃」起來，但只要一「侃」就語驚四座。他面無表情，但頭腦清晰，聲音抑揚頓挫，說到可笑之處，臉色愈發嚴肅，語言卻更加生動傳神。

網猴周圍的幾個夥伴也都不是平庸之輩，他們見多識廣，知道許多奇聞軼事。不管是電視裡看的，網上下載的，還是書上瞧的或是聽別人說的，耳朵和眼睛零零碎碎的收集起來，在肚子裡消化、整理、加工、放大，然後再從嘴裡滔滔不絕的「侃」出來。他們與網猴之間耳濡目染，相互切磋，久而久之，便也能各領風采，獨樹一幟。

他們大約分爲如下幾類，第一類便是網猴這樣的庫存豐富，口才極好，又有獨立見解，處於領導地位的。第二類便是不管聽衆是否感興趣，說過六、七遍的陳芝麻爛穀子還照「侃」不誤的。但因爲新鮮事畢竟是鳳毛鱗角，數量有限，所以他們處於骨幹地位，代表人物是矮矮胖胖的老鼻子。第三類便是幽默感極強，但又不能獨立成篇，只能插科打諢，起著調節氣氛作用的。這裡值得一提的，就是給網猴和老鼻子起外號的小哨兒。

這群人裡還有一類不入流的，便是前面提到的劉貴貴，他是忠實的聽衆。每當別人「侃」到一處，甚至是毫無趣味停下來的時候，他便瞪著一雙天眞的大眼睛虔誠的問：「後來呢？後來呢？」於是「侃」的人受到鼓舞，興趣陡然增長，繼續「侃」下去。可惜人們還沒有注意到劉貴貴一類的作用。

有一天，話題不知怎麼又繞到「出國」這個老題材上了。老鼻子突然眼睛一亮：「嘿！你們知道出國的個別傢伙怎麼丟人嗎？他們爲了省錢買冰箱，又不認識外國字，居然買狗食罐頭來吃，特便宜！後來讓服務員發現了。眞他媽給中國人丟臉，丟人丟老鼻子啦！」

劉貴貴聽了大惑不解：「狗肉不是挺好吃嗎？」

「別冒傻氣了！那是專門給狗做的罐頭，人家外國的狗特高級……。」老鼻子冷笑著不屑的說。

小哨兒拍了拍老鼻子的胖腦袋說：「喲！你爸爸是美國人吧？」

「幹什麼？」老鼻子不樂意的將小哨兒推開。

「別老糟踐咱們中國人好不好，外國人比中國人還摳門兒。我爸爸一個同事的親戚在大使館給外國人當一級廚師。有位大使離任前開招待會。各國的大使、參贊、武官都來了。你猜給人家吃什麼?把麵包切成丁兒,油炸了,桌上就放這個。還告訴服務員等他講完話再給客人倒酒,怕酒不夠了。整個一個招待會,五十塊錢都沒用了,還大使呢!」小哨兒說完又加上一句,「絕對眞實!」

整個的氣氛活躍極了,大夥你一套,我一套的,最後又轉到網猴說話:「中國有什麼作家協會,什麼電影家協會,咱們成立一個中國侃大山協會怎麼樣?」

「同意!由你當主席!」小哨兒跳上椅子。

「可以!老鼻子和小哨兒是書記!」接著,網猴點了幾個人的名字說:「你們都是第一批會員!」

大家哄笑著,喊叫著。誰也沒料到,劉貴貴卻難過到了極點。網猴忘了點他的名字。

「我呢?」劉貴貴可憐巴巴的說。

網猴這才發現了劉貴貴。他歪著腦袋沉思了一會兒，一本正經的說：「實在對不起，侃協會員是要保證一定的質量……。」

劉貴貴都快哭出來了，他萬萬沒想到，他這個與網猴朝夕相處的朋友落了這麼個地位，於是坐在那裡半天沒說話。

網猴的心裡都快笑出了聲，可他仍極嚴肅的說：「貴貴，別難過，你回去寫一個申請，然後我們開會研究，關鍵要寫上加入侃協的意義……。」

劉貴貴獲得了一線希望，於是一個星期天上午都在認眞的寫。他哪裡知道，這是網猴的惡作劇。

就在這時，劉貴貴的後腦勺被重重的拍了一下。劉貴貴嚇了一跳，一回頭，爸爸正瞪著那雙布滿紅絲的眼睛看著他。

「寫什麼呢？」

「嗯……寫……寫申請書……。」

「什麼申請書？讓我看看！」

劉貴貴不得不把捂著的手從紙上移開。

爸爸定睛一看，頓時變了臉色：「什麼胡說八道！去！給我買酒去！」

劉貴貴知道，自從爸爸和媽媽吵了一架之後，爸爸就一直不停的喝酒。從每天吃飯的時候喝，發展到每天早晨起來也要喝一盅。從每天喝一兩變成一天要喝到半斤。酒也不是什麼好酒，爸爸的床底下堆滿了二鍋頭的空瓶子。

有時候，劉貴貴得了一百分，爸爸就說：「發獎！發獎！」然後從床底下掏出兩只空瓶子遞給劉貴貴：「去！賣了，錢算你的！」

妹妹如果得了一百分，爸爸就特意挑出兩個啤酒瓶子，那每一個「獎品」都要比發給劉貴貴的「獎品」多五分錢呢！但劉貴貴從來不和妹妹攀比，他覺得他應該讓著妹妹。

劉貴貴拿著錢走在路上，心裡還想著申請書的事兒。

二

網猴萬萬沒有想到，他的一句成立侃協的玩笑話，不但讓劉貴貴如牛負重的幹了好幾天，而且他本人也成了學校的風雲人物。

學生們嚮往一切新奇的東西。再加上老鼻子和小哨兒神乎其神的廣告，成立中國侃大山協會的消息沒出幾天就傳遍了學校的各個角落。各種好奇的、神祕的、懷疑的、敬佩的目光向網猴迎面撲來。

網猴彷彿突然發現了自己的價值，也好像在生活中突然找到了自己的位置，於是假戲眞做，愈發地莊重起來。

終於有一天，他坐在擠滿人群的教室當中，一排由課桌拼成的會議桌前「主侃」的位置上。他的右邊是老鼻子，左邊是小哨兒。

這是一場自發的「侃大山」比賽。對方是高一(4)班的三位選手。他們根本看不起網猴這些自命不凡的低年級的小孩子，決定在賽場上教訓教訓他們。

會場的氣氛是緊張的，但也是歡快的。對於這一場別開生面的比賽，各年級和各班的好事者表示了極大的興趣，尤其是高一⑷班還有一位女同學參加了比賽。

他們肩並肩的擠在會議桌的四周，就像各國首腦會議上的新聞記者。劉貴貴也擠在當中，他剛剛把入會申請書交到網猴的手上，可惜網猴還沒來得及展開就坐到席位上去了。

「首先，我們對客隊能有女同學參加比賽表示歡迎！」網猴微笑著說。

全場響起一陣夾著起鬨的掌聲。

「我們先商定一個比賽程序，請客隊先講。」網猴雖然年輕，但已經充分顯示出他那種驚人的鎮定和高度的組織能力。他望著對方的「主侃」——一個儀態端正長得像唐僧一樣的人物說。

「唐僧」說：「我們每個隊各講一個長故事、一個中故事、一個短故事……。」

網猴微微一笑，慢慢的說：「首先我要說明，我們今天不是講故事比賽，也不是演講比賽，而是侃大山比賽。侃大山不能過於嚴肅，過於完整。它最主要的特點是氣氛和諧，隨心所欲。神奇而不失幽默，歡樂而又不能低級……。」

人們光聽說網猴有十二分的口才，今日一見，不但口才出眾，而且見解也十分令人嘆服，於是又不由得鼓起掌來。

那位女選手毫不示弱，她冷冷的說：「我希望對方不要故弄玄虛。聽說，你們成立了一個什麼侃大山協會，我們很想請教一下貴協會的宗旨是什麼？你們認爲應該怎樣比賽？又是如何決定勝負？」

全場的目光刷地一下轉向網猴，心中暗暗佩服這位巾幗英雄的伶牙俐齒。小哨兒和老鼻子也不由得將臉向網猴轉過去。人群中可是急壞了劉貴貴，他不斷的做手勢希望老鼻子和小哨兒趕快救駕。

對方的臉上也顯出幾分不易覺察的得意。

網猴直視前方，沉思片刻，從衣袋裡拿出一張紙。劉貴貴愣了

——那是他的申請書。

網猴一字一頓的念道：「我們侃協的宗旨是鍛鍊口才，增長知識，豐富課餘文化生活，搞好和同學們的關係……。」

全場呆住了，誰也沒有想到網猴還會有文字材料，居然這樣詳細，這樣全面。接著又是一片掌聲。劉貴貴發現自己對侃協做出這樣大的貢獻，眼淚都快流下來了。

網猴舉起一隻手止住了大家的掌聲說：「我們尊重客隊的意見，長、中、短各侃一個，以掌聲來判斷誰勝誰負。同時我提議，由第一排的十名觀衆每人在紙片上寫一個題目，然後由坐在對面的三位觀衆抓出三個，我們就以這三個題目爲準！」

全場裡一片叫好和贊同的聲音。

這眞是一個有趣的序幕，一陣忙亂之後，開彩一般的抓出三個題目，順序是：時間和效率、酒、友誼和愛情。全場哈哈大笑，選手們卻都愣了。第一和第三個題目過於嚴肅，而第二個題目又有些刁鑽古怪，但出於無奈，只好硬著頭皮，試試運氣。

不料，坐在「唐僧」旁邊的那位帥哥選手卻搶先開始。他輕輕咳了一聲。劉貴貴據此斷定，他不會侃出什麼好東西。

「每個人有他辦事的效率，六隻烏龜在一起打撲克，突然發現啤酒喝光了……。」全場安靜下來，大家發現這個帥哥並不是平庸之輩。劉貴貴也和大家一樣聚精會神的聽下去。

突然，劉貴貴聽見背後有人叫他：「劉貴貴，老師叫你去一下！」

「大家湊了一些錢，讓最年輕的烏龜去買啤酒，兩天過去了，他還沒有回來……。」

「劉貴貴！」這是老師在叫他。

劉貴貴不情願的走出教室，老師和藹的拉著他的手，來到辦公室。

「劉貴貴，有什麼困難需要老師幫助嗎？」

「沒有！」劉貴貴不知道老師爲什麼無緣無故的問這個。

「有困難，一定來找我……。」老師的目光從來沒有像今天這樣和藹和親切。但劉貴貴居然沒有看出來，他只想急於知道那烏龜怎麼樣了。於是，他又搖搖頭。

老師又說了許多不著邊際的話。劉貴貴什麼也沒有記住，只覺得時間太長了……。

當劉貴貴又回到侃大山比賽會場的時候，時間和效率的主題已經侃完了，黑板上寫著一比零。老鼻子和小哨兒一臉沮喪的神情。網猴兩腮上的肌肉在微微跳動。劉貴貴心裡很壓抑。

「唐僧」正在侃：「有四隻蚊子飛到屋子裡，兩隻落到鏡子上，另兩隻落到酒杯上。那兩隻落到鏡子上的一定是母蚊子。那落到酒杯上的一定是公蚊子……。」說完，他自己先哈哈大笑起來。可憐他不知道這是一個老掉牙的笑話。整個教室裡只有幾個孤陋寡聞的人笑起來。這是「唐僧」絕對沒有料到的。

網猴這一方露出不屑的神色。劉貴貴心中又燃起了希望。

網猴搖搖頭，不加任何評論的說：「現在，我來講一件眞事兒。我的一個同學的爸爸是酒鬼。每當他喝醉了的時候就對其他的人說：『你們這也算喝酒嗎？眞正能喝酒的人叫酒漏，我就是一個酒漏，有一次我一下子喝了兩瓶酒，身體根本不吸收，全都尿出來，用火柴一點，砰地一下就燃燒起來……。』」

全場哈哈大笑。甚至連對方也忍不住笑起來。

只有劉貴貴沒有笑，他覺得鼻子發酸。網猴剛才說的正是劉貴貴的爸爸。這是有一次劉貴貴傷心至極，無意中對網猴說的。劉貴貴不會這樣繪聲繪色的侃。即使他會，他也不會對別人侃這件事。這是他的傷心事，也是醜事。每當爸爸喝醉了，向客人們重複這種醉話的時候，心裡總是酸酸的。劉貴貴低下頭，他覺得大家正在看他。

黑板上的比分變成一比一。下面是友誼與愛情。劉貴貴什麼也聽不清了，只聽見嗡嗡的聲音和一些索然無味的東西。

當會場上又爆發出熱烈的掌聲時，劉貴貴才又高興了。中國侃大山協會以二比一的成績戰勝了高一(4)班。網猴緩緩的從椅子上站起來，主動握握對方的手，儼然一位得勝的將軍。

他走到劉貴貴的身邊，拍著他的肩膀說：「不錯！你的申請寫得不錯！」接著，他又神祕的一笑說：「明天下午，你給我侃一個，我們接受你爲會員……。」

三

劉貴貴沒有來上學。

網猴、老鼻子、小哨兒本想再和劉貴貴在「入會儀式」上開開玩笑，可惜這個令人發笑的節目只好以後再看了。

當他們正在爲昨天的成功沾沾自喜，而又爲劉貴貴沒能如約前來而遺憾的時候，劉貴貴突然出現在教室門口。

網猴趕快和老鼻子、小哨兒坐成一排，就像考場中的考官一樣。

「大家注意聽！開始吧！」網猴說。

劉貴貴說：「我爸和我媽離婚了，我跟我爸，我妹跟我媽……。其實，我爸是最喜歡我妹妹的……。」劉貴貴神色黯然，十分傷心的樣子。

網猴一拍大腿說：「好！好極了！題材雖說舊了點，但表情就跟眞的一樣，不錯！」

其他人也一起說：「沒錯，絕對眞實，可以！太可以了！」

劉貴貴面色變得十分古怪，他幾乎結巴起來：「我說的是眞的！」

小哨兒哈哈大笑起來：「眞沒想到劉貴貴這小子還眞有點幽默感。當個話劇演員，準行！」

網猴大聲喊起來：「劉貴貴，等我們研究研究，你明天等信兒吧！打球去！」說完，網猴飛快的跑出門外。

操場上，網猴脫下上衣，再一次向全校同學顯露了他的瘦瘦的臂膀和修長的身體，他胡亂做了些準備活動，正準備投籃的時候，老鼻子走到他的眼前黯然的說：「劉貴貴他爸眞的和他媽離了！」

網猴愣住了，緊張的肌肉頓時鬆弛下來：「眞的？你不是胡侃吧！」臉上卻失去了往日的鎮靜。

老鼻子說：「他哭著回家了！」

「上他們家去！」網猴大聲喊道。

小哨兒沒聲的走過來：「人家家裡這麼亂，咱們去起什麼鬨？」

三個人都沒了話。

過了好一會兒，三個人默默的走進教室。

網猴從一本嶄新的藍色練習本上撕下封皮兒，在上面端端正正的寫上：

中國侃大山協會特批准劉貴貴爲正式會員，並特聘爲侃協祕書長。

落款的時候，他沉思片刻，寫上，你的好朋友們。小哨兒走過來，將臨時用橡皮刻好的中國侃協的圖章，塗上紅墨水蓋了上去。

「明天上學的時候，咱們一起交給他！」網猴說。

「對！我們每人送他一件禮物！」

「就這麼辦！」

第二天，網猴的書包裡鼓鼓囊囊的放著兩個罐頭和一枚兔年紀念銅幣。

可是，劉貴貴沒來上學。

傍晚的時候，三個人一起來到劉貴貴的家，開門的是一位中年婦女。她說：「劉貴貴已經和他爸爸搬走了……。」

網猴發現她長得很像劉貴貴。三位侃協領導人呆呆的站在門口，一股苦澀的滋味湧上心頭。

我的哥哥說外語

我爸會說英語，我媽會說法語。

我哥哥是重點中學的學生，他既會說英語，也會說法語。

「會打嘟嚕嗎？」哥哥眯縫著眼睛看著我，然後把舌頭放到上牙床上，咧開嘴發出一陣像馬打響鼻一樣的聲音。

「關鍵是要讓舌頭哆嗦！」

哥哥的眉毛向上揚了揚。

我把舌頭放到指定的位置上，使勁的向外吹氣。可是，舌頭就是哆嗦不起來。

「你完了！你學不了俄語，俄語的關鍵是要會打嘟嚕……。」

「……」

「你的小舌頭會動嗎？」

我搖搖頭，我第一次聽說，人除了大舌頭之外還有什麼小舌頭。

連長在人身上什麼地方都不知道，甭說會動了。

「笨蛋！小舌頭就在你大舌頭的根兒上！」說著，哥哥仰起臉，又發出了像哮喘病人發病時的那種呼嚕呼嚕的聲音，好像嗓子裡有痰咳不出來。

我仰起臉，用心試了幾次，都是正常人的聲音。

「你又完了！學不了法語，法語的關鍵是要會動小舌頭……。」

「說英語容易點吧！我會說『古得拜』。」我小聲說。

「哼！容易？」哥哥這回不再用嘴出氣而是用鼻發音，不知爲什麼還翻著白眼珠，「不用說英格蘭人和愛爾蘭人發音不同，就連美國人和英國人發音也不一樣。美國人說話帶兒音，英國人就不帶。比如說工作這個詞，美國人念『窩兒科』，英國人說『窩科』……。」

坐在一旁看書的爸爸轉過身來：「別唬人啦！你弟弟才小學二年級，你都高一了，多大本事呀！俄語、法語、英語……。會不會世界語呀？」

「世界語有什麼了不起，我給你用英語背整課的《點金術》！」哥哥不管爸爸聽不聽，站起身來就開始背誦，有聲有色，鼻子眼睛也跟著動起來。整整五分鐘，他一個中國字都沒說。

「怎麼樣？」哥哥半得意半心虛的問。

「不怎麼樣，就像外國人沒學好中國話，一會兒山東口音，一會兒山西口音，冷不丁的還來句唐山話……。」爸爸冷冷的說，「你那外語把中國人唬得一愣一愣的，把外國人氣得一蹦一蹦的。」

我開得的大笑起來，哥哥那水平唬我還可以，在爸爸面前就不行了。哥哥也嘿嘿的笑了。不過，儘管如此，我對哥哥仍然十分敬佩，我為有這樣一個會說外語的哥哥感到自豪，管什麼山東口音、山西口音，會說，就算可以！

眞熱呀！頭頂上沒有樹，卻有火紅的太陽，不出汗，只覺得烤得慌。

我和哥哥已經排了半個小時的隊了。我們的身後是一個老奶奶帶著一個梳抓髻的小姑娘。我們的目標是遊樂場那架剛剛投入使用的空中鐵路。那是一個離地面有三、四米高的巨大橢圓形軌道。鐵軌的兩側都有高大的楊樹護衛著，形成一片令人渴望的綠蔭。一輛輛獨立的車廂在鐵軌上追逐著，發出愉快的笑聲、驚叫聲。那些排在前邊的人已經幸運的進入了綠蔭的懷抱……，他們雖然也還在等，但都長長的出了一口氣，入口處的牌子已經留在他們身後了。

我回頭看看哥哥，看看小姑娘，看看老奶奶，他們都和我一樣，對前途充滿希望。

我的眼前出現一群外國孩子，他們剛剛從一輛淡綠色的大轎車上走下來，那大轎車使我想到了冰箱。他們的出現對排了半天隊的人們來說無疑是增添了一個新鮮的節目，人們的目光一齊向他們投去。

走在前邊的是一個非常漂亮的男孩。他的身高介於我和哥哥之間，雪白的短袖白上衣十分精神的紮在皮帶裡，一縷頭髮很瀟灑的蓋住了半個額頭，微微翹起的下巴使他的臉顯得十分生動。那麼多專注好奇的目光並沒有使他感到羞怯，他那雙大眼睛裡閃著調皮的目光。

他們包圍了賣冷飲的車子。

我身後的小姑娘要去廁所，當然奶奶要跟著去，我替她們站著隊。

哥哥突然說，他也要去廁所。我只好也替他站著隊。

小姑娘回來了，手裡多了根冰棍：「大哥哥吃！」

我搖搖頭，咧嘴笑了笑，往旁邊站了站，她那小小的身軀剛好站在我形成的陰涼裡。

哥哥舉著兩根冰棍回來了。我發現他突然變得精神起來。仔細一看，噢！原來他把上衣紮在皮帶裡面了，像那群外國孩子一樣。可氣的是，就是我們出家門的時候，他還強烈的反對我這樣做，說衣服紮在褲子裡是臭美，不紮在皮帶裡又大方又涼快……，他遞給我一根冰棍。

「你這樣不熱嗎？」我說。

「還可以，你要是願意，也可以把衣服紮到皮帶裡，你是小孩子，不用去廁所……。」

「我偏不！」我狠狠的說。

哥哥背朝我站著。冰棍在他嘴裡嗞溜嗞溜的響著。

隊伍突然輕輕的騷動起來。

那個漂亮的外國男孩先是若無其事的在入門口處晃晃，接著便像一條魚一樣溜了進去。守門的服務員象徵性的把手伸了一下，然後又無可奈何的把手放下來。

那個外國孩了不像我們的同學插隊以後所表現出的那種僥倖和多少有點負疚的神態——根本不敢回頭，他卻彷彿受到了鼓舞，轉過身得意的向他的夥伴們招呼。呼啦一下，幾乎所有的外國孩子都離開了隊伍像潮水一樣湧向了入口的地方。

服務員慌了，他攔也不是，不攔也不是，任憑那些孩子一個個擠了進去。

長長的隊伍就是這樣引起騷動的。

「排隊去！排隊去！」我急忙大聲喊起來。服務員向我同情的攤開手，表示沒有辦法。我原以爲排隊的人都會和我一樣大喊大叫的，可是隊伍卻出奇的平靜，包括我的哥哥。理應如此，倒好像我多事兒似的。可我知道，如果插隊的是中國人，那麼人們是不會善罷甘休的。

「他們大概不懂中國話！」那位老奶奶安慰我說。

氣溫好像一下子提高了十度，周圍變得更加燥熱起來，光線也變得更加刺眼。我心中忿忿不平。

「你怎麼這麼小心眼兒，人家輕易不來一次！」哥哥說。

「你不是說外國這種東西多得是嗎？」我說。

「人家是客人！」哥哥又說。

「爸爸不是說，他去美國的迪士尼樂園也要排隊嗎？」我又反駁他，「再說，客人就這麼不尊重主人哪！」

那幫外國孩子又重新回到地面上，萬萬沒想到，他們又堆在了入口的地方。他們嘻笑著，一點也不覺得欠了在太陽底下排了半天隊的人們什麼，又準備向裡擠。

我氣憤極了，忍不住跑到入口處大聲喊：「排隊去，排隊去！」

他們看著我，奇怪的笑著，有的人還攤開手，聳聳肩膀，臉上現出莫名其妙的表情。

「他們不懂中國話！」服務員對我說。

正當我毫無辦法的時候，我看見了我的哥哥，他正在焦急的向我招手。我像找到了救星，大聲喊起來：「哥哥，你過來！」我哥哥會說英語和法語。他總不會連句排隊都不會說吧！

我哥哥走過來了，他在我心目中的形象從來沒有這麼高大過。那些外國孩子也都轉過臉好奇的望著他。

哥哥拉著我的手小聲說：「你怎麼這麼多事兒呀？回去！」

我差點氣暈了，拚命把他的手甩開。這時，那個漂亮的男孩拍拍我的肩膀，朝我做了個怪樣子，就準備從服務員旁邊鑽過去。

我不知從哪來了一股邪勁，張開嘴憤怒的說出了一大堆世界上沒有一個人包括我自己都不懂的「外國話」。我只知道，什麼「打嘟嚕」、「小舌頭」全都出現了。當我停止的時候，只覺得臉上發燒。

哥哥一下子呆了，臉上出現奇怪的表情。他一定以為我瘋了。

那群外國孩子也吃驚的看著我。奇怪的是，他們沒再往前擠，互相嘰嘰喳喳說了幾句，然後像潮水一樣的退下去了，老老實實的排在隊尾，比中國人還老實。

「是日語吧？」服務員拉著我的手，顯出十分欽佩的樣子。

「不是……。」我趕緊轉身向自己排隊的地方跑去。小姑娘把一根冰棍遞給我，我低下頭，不敢看周圍的目光。

有人輕輕的拍我的肩膀：「別生氣，哥們兒……。」我轉過臉，大吃一驚，站在我面前的正是那個漂亮的不排隊的外國男孩子。如果光聽他說話，你怎麼也想像不出他是外國人。

「你中國話說得那麼好！」我不由自主的說。

「那當然，我從小在中國長大的。你剛才說的是哪國話，那麼溜？」

「說得不好……。」我的臉騰地一下紅了。

幸虧，哥哥走過來了。他會說英語和法語。他開口了，雖說我聽不懂，但我知道那是眞的。幾個外國孩子圍了上來。哥哥越說越勇，臉上的表情愈來愈自然……，到底是我的哥哥。你們聽吧！他不但會說英語，還會說法語……。

蟋蟀也吃興奮劑

一

上學的路上，袁新強在書攤旁多待了一會兒。因爲他在畫報上看到了一條消息：在鬥蟋蟀的比賽中，人給蟋蟀吃了興奮劑。哇！還有這樣的醜聞啊！可是蟋蟀的尿樣怎麼檢查啊！難道蟋蟀也和人一樣，呈陽性的就是服了違禁藥品嗎？上看下看，左看右看，除了這條一百多字的消息和一張蟋蟀在盒子裡準備戰鬥的大幅彩色照片之外，袁新強想知道的詳情一點也沒有……。

袁新強遲到了，邊喊報告邊推開教室的門。

老師瞇縫著眼睛看著袁新強：「怎麼遲到了？」

「路上有點事，耽誤了時間。」說著，袁新強逕自向自己的座位走去。

「頭腦還清楚吧？」老師冷冷的問。

袁新強回過頭：「清楚啊——」他沒有明白老師的意思。

「我的意思是說，你遲到了，應該向大家和我表示歉意！」

袁新強在班上是個好學生。老師們對袁新強都很「客氣」。客氣慣了，今天新老師這點小小的批評在袁新強聽起來就顯得格外刺耳。他心裡很窩囊，但又不好頂撞。他已經坐下了。想了一會兒，又站了起來，誇張的向前面和身後各鞠了一躬。

大家笑起來，袁新強覺得這個方式爲自己挽回了面子。就在這時候，一個幸災樂禍的聲音從教室後面幽幽的傳過來：「這種狂妄的人就得嚴加管教，要不他會蹬著鼻子上臉——」

袁新強知道，這話是「圈裡的」說的。「圈裡的」的大名叫做黃一鳴，「圈裡的」是他的綽號。綽號來源於他那個當導演的爸爸，也來源於他自己。據說，他爸爸拍了很多電影和電視劇，可說起名字，誰也沒有聽說過。姓名沒有聽說過不要緊，電視劇的名字也沒有聽說過。但這並不影響黃一鳴在同學們中「圈裡的」地位。黃一鳴說話動不動就是「我們圈裡的」，所謂「圈裡的」，就是「影視圈裡的」簡稱。

「知道晚上要看的那個電視劇是誰導演的嗎？」課間同年級裡好打抱不平的羅杰有些神祕的問袁新強。

「不知道！誰是導演有什麼關係！」

「當然有關係！導演是『圈裡的』他爸。」

袁新強愣了一下，心裡稍稍有些不快，然後慢慢的說：「他爸就他爸唄，怎麼啦？」

「你知道學校為什麼讓咱們看這個電視劇嗎？」

「不是說很好嗎？」

「好個屁！」

「你都看過了？」

「這不是關鍵，關鍵是他爸爸上個星期來學校找過校長兩趟，讓學校師生看他的電視劇，給他寫吹捧文章。也不知道和校長有什麼貓膩，校長居然就答應了。」

「你怎麼知道的？」

「我親耳聽瘋格格說的，這還有錯嗎？」

瘋格格是羅杰他們班的一個女生，她的媽媽就是本校的老師。她其實根本就不「瘋」。只是一次學校舉辦文藝節的時候，她穿著「還珠格格」的全套戲裝在台上唱道：「有一個姑娘，她很瘋狂，還很囂張。」學生們都大笑起來。因爲原來的歌詞是：「有一個姑娘，她很任性，還有點囂張。」她沒有經驗，本來可以將錯就錯的唱下去，可她卻捂著臉跑下去。從此得了個瘋格格的綽號。這個綽號得的很冤枉！

「怪不得黃　嗚今天那麼猖狂呢？原來是吃了興奮劑！」

「我們難道不應該有點表示嗎？」羅杰的眼睛裡閃著一種古怪的光亮。

「我可不跟你惡作劇！」上課鈴聲響了，袁新強向教室跑去。

「我們得開個會！」羅杰在後面喊道，他是個天生的組織者。

二

爸爸長期生病在家，幾乎是所有電視劇的觀眾。他正在看卓別林的《都市之光》。

快到晚上九點的時候，袁新強大大方方的走到電視機前調整了頻道。

爸爸奇怪的問：「怎麼看電視？不做功課了？」

「不但今天看，每天兩集，要看一個星期呢！」

「你有病啊——」

「校長讓我們看的，還要寫作文呢。」

「什麼電視劇這麼重要哇？」

「讓看就看看唄……。」

看了大約半個小時，袁新強拍著手笑了起來：「真不錯！真不錯！」

爸爸從瞌睡中驚醒過來，莫名其妙的看著兒子：「多沒有意思啊！我都快睡著了……，你們怎麼會喜歡這樣的東西呢？」

袁新強更高興了，他拉著爸爸的手問：「爸，你說這個電視劇是不是能得獎？」

俗話說「知子莫若父」，一瞬間，爸爸突然明白了兒子的意思，於是也笑起來：「沒錯！肯定能得獎，而且是國際大獎。誰要說不能得，我跟他急！」

父子倆哈哈大笑。

早自習的時候，電視劇成了熱點話題。「沒意思」是共同的輿論。「沒看明白」是一致的問題。「圈裡的」成了「焦點訪談」的焦點。

「剛看了兩集，當然不明白！這叫懸念！都明白了還有什麼意思啊！什麼叫有意思啊?你讓一個大字不識的老農民看《紅樓夢》，他會覺得有意思嗎？」黃一鳴對大家的反應表示了極大的憤慨。

看見了「圈裡的」這樣激動，大家便不好再說什麼。爭論變成了竊竊私語。一切恢復正常。第一節課還沒有什麼，上第二節課的時候，看電視劇的效果就漸漸顯露出來。先是一個人打了個哈欠。沒想到，這個哈欠是傳染的。接二連三的哈欠聲此起彼伏。上課的老師用沉默對哈欠表示了諒解。於是有人便趴在課桌上小睡起來。

下課的時候，對電視劇的怨言在學校開始蔓延。各班情況基本如此。看來，對於電視劇的評價已成定局。對於晚上讓孩子看這樣沒有什麼教育意義的電視劇，家長也頗有微詞。袁新強看看「圈裡的」，他正在一棵大樹下孤零零的站著，沒有人和他說話，好像他對這部電視劇也要負責任。一瞬間，袁新強有點可憐他。心太軟！

既然是連續劇，就還要連續下去。當天晚上，大家又收看了兩集。用袁新強他爸爸的話來說就是：昨天沒有看明白，今天倒是看明白了，整個一碗白開水……。

對電視劇的憤怒已經悄悄變成對校長的不滿。那個下午剛好是化學小組活動的時間。化學小組一個月去一次少年宮，平時就在學校的化學實驗室。年級四強中的三強都來了，只有羅杰不知道爲什麼還沒有到。袁新強鄭重的拿出一本筆記本，用玻璃棒敲了一下燒杯：「諸位，今天組長沒在。我有個非常急迫的而且是特棒的研究課題，想不想聽？」

瘋格格瞥了一眼袁新強的小本子：「你以爲你是科學院院士啊！還研究課題呢！有話快說！」

袁新強沉默了好一會兒不說話。

「你到底說不說呀？」

「你弄得人家一點情緒都沒有了……，對待一位科學工作者，你要給予起碼的尊重嘛！」

瘋格格笑起來，敷衍的說：「好！尊重！尊重！請袁先生發言！」

四強中唯一戴眼鏡的，也是最文靜的姜准誠懇的說：「袁新強，快說，我特想聽。」

袁新強打開筆記本：「你們知道蟋蟀吃興奮劑的事情嗎？」

姜准和瘋格格的眼睛立刻亮了，緊緊的盯著袁新強。

不用他們再說什麼，袁新強情緒立刻高漲起來。爲了配合情緒高漲，他乾脆站了起來。

就在這時，羅杰搖著一張報紙闖進門來：「太不像話了，簡直是醜聞！」

電視劇《青春爲青春歌唱》受到中學生的熱烈歡迎！有的中學生說：「這是我們盼望了許久的好戲！」某某中學學生爭先恐後收看電

視劇，反響強烈……。

再下面是一篇記者對導演的專訪。旁邊是一張「圈裡的」他爸爸的照片。

大家把蟋蟀吃興奮劑的事情忘了，連袁新強本人也把蟋蟀丟到了腦後。

羅杰簡直是怒不可遏：「我們難道不應該有所表示嗎？」

「怎麼表示？給報社寫封信，說他們發了一條假消息嗎？」

羅杰搖搖頭：「報社也不知道事實眞相，也說不清。再說我們確實都看了，而且反應『強烈』……。」

瘋格格說：「我們去找『圈裡的』他爸。」

姜准說：「他爸也沒有強迫你看呀！這件事情關鍵是校長。」

「對！我們去找校長向他反映同學們的意見！」

「校長根本不會聽我們意見的。」羅杰肯定的說，「你們這都是正面進攻，這叫雞蛋碰石頭。傻辦法！」

「你說怎麼辦？」

「我們在天線上刷一層屏蔽塗料，電視機就收不到電視台的信號了……。」

「哇！你要把它刷在誰家的天線上？」瘋格格覺得這件事很刺激。

「就刷在校長家的公用天線上！」羅杰說。

「你有沒有搞錯呀？校長和我們家住在一個樓。」

「我知道，咱們學校許多老師都住在那個教師樓裡。這樣才能反應強烈。」

「好吧——」瘋格格剛剛說完，立刻反悔說，「不行！那我們樓以後怎麼看電視啊！」

羅杰愣住了：「這個我倒沒有想過……。」

姜准舉起一隻手：「不用這麼複雜，根本不用刷什麼漆，又麻煩，再說也不知道靈不靈。把那個天線轉轉方向就可以——電視劇演完了，我們再把它轉過來。」

「這個辦法好！」瘋格格說。

「袁新強，你怎麼一直不說話？」羅杰重重的拍了一下袁新強的肩膀。

「這能起什麼作用啊？」

「這還用說嗎？起碼是一種抗議呀！」三個人不約而同的說。

袁新強無可奈何的點點頭。

「好！事情就這樣決定了。誰具體負責？」羅杰像個指揮官。

大家都不說話了。

最後，羅杰說：「我們一起去！」

瘋格格和姜准點點頭，轉臉看著袁新強。一種奇怪的聲音在袁新強的耳邊響起，好像他一下子聽到了成百上千的人同時在打電話，亂糟糟的什麼也聽不清。間或有一兩聲蟋蟀的叫聲卻很清晰。袁新強下意識的捂著耳朵。幾秒鐘以後，聲音消失了。「我不想去……。」袁新強費了很大的力氣才勉強說出了這四個字。在四強當中，在全班同學當中，他的家庭生活是最困難的。他的學雜費都是免交的。他清清楚楚的記得上初中的前夕，他的媽媽帶著他和校長談了很長時間，校長一面抽菸，一面默默的傾聽著。最後校長摸了一下袁新強的頭，免去了他的學雜費……，現在這樣做，他覺得對不起校長……。

「你怎麼一點正義感都沒有！這麼膽小！」羅杰不知道袁新強的心思。瘋格格和姜准也翻著白眼看著他。袁新強幾乎想哭出來。

「好！不勉強！」羅杰又對瘋格格和姜准說，「今天晚上九點半，在八號樓拐角的小店門口集合。」

三

那天晚上，沒有星星，也沒有月亮。快到九點的時候，袁新強變得焦躁不安。他拿起書本，滿眼都是電視畫面；他打開電視，滿腦子都是羅杰他們幾個的影像……，快到九點半鐘的時候，他神差鬼使的出了門，往集合的地點跑去。

三個人都不見了，袁新強有種悵然若失的感覺。八號樓不太高，只有六層。如果往遠站一點可以看見公用天線的尖。袁新強又往遠處跑了跑，仰著脖子站在街頭公園花壇的台階上。他影影綽綽的看見了大半個公用天線。也不知道他們到達樓頂沒有？袁新強跳下台階，快步往八號樓走。剛要走進大門，樓梯上傳來腳步聲。不是冤家不聚頭！黃一鳴和他爸爸迎面走來。袁新強只覺得腦袋嗡的一下，身子都涼了半截，就好像個幹壞事的人突然被人抓住一樣。黃一鳴似乎也不願意在此時此地見到袁新強，臉上掠過一絲尷尬。但兩個人已經眞眞切切的看到了。兩個人幾乎同時向對方點點頭，黃一鳴的爸爸也對袁新強點點頭。

第二天，八號樓的電視天線壞了，螢幕上只能看到一片「雪花」的消息傳到了每一個學生的耳朵。幾乎每一個人都產生了一種幸災樂禍的快感。課間操開始的時候，羅杰從很遠的地方向袁新強做了個勝利的手勢。然後又用手指指袁新強，豎起小拇指。袁新強明白，他是在說：「我們勝利了，你是膽小鬼！」袁新強偷偷的看了看黃一鳴一眼，對方臉上沒有任何表情。一種不祥的預感湧上袁新強的心裡。

課間操結束的時候，校長走上領操台。「大家也許知道了，昨天晚上，八號樓的公用天線突然壞了。根據有關部門鑑定，八號樓的天線是人爲破壞的！」

校長的聲音無比的憤怒：「這是一種非常惡劣的行爲！我們現在已經有確切的證據知道，破壞天線的就是我們學校的學生！」

操場上一片驚嘆聲。

「我們不但知道是我們學校的學生，還知道他是誰。我們現在暫時還不點出他的名字。我們給他一個機會。我希望他能來找我說明情況。我們再根據他認錯的情況進行嚴肅處理。」

操場上騷亂起來。許多人急忙四面環顧，好像那個「嫌疑人」就在自己的身邊。袁新強的心怦怦猛跳起來，他也不知道天線破壞成什麼樣子。不是說轉轉方向嗎？儘管他沒有參與這件事情，但一點輕鬆的感覺也沒有。他覺得臉燒得厲害，不敢抬頭，怕別人看見他臉紅。他慢慢向教室走去，背後有人叫他。袁新強心頭一顫——校長就站在他的身後。

「到我的辦公室來一下！」

袁新強有一種飄起來的感覺，兩隻腳就像踩在空氣上。他覺得有無數隻眼睛在看著自己。袁新強被校長叫走了的消息成為校園裡的頭號新聞。它似乎比天線被破壞的消息還引人注目。

「我以為你會主動來找我的——」校長指指對面的椅子。

袁新強不敢坐下。

「你知道天線被破壞的事情嗎？」

「聽說了——」袁新強低聲說。

「我問你，知道不知道天線是怎麼搞壞的？」校長的聲音已經有了憤怒。

「不知道——」袁新強喃喃的說。

「你昨天晚上到八號樓幹什麼去了？」校長單刀直入。

袁新強心頭一驚。他明白「圈裡的」把他揭發了。此刻，他覺得就像被人堵到了一個死角——已經沒有任何退路了。現在如果說謊，會帶出更大的而且是不能自圓其說的謊言……，他的唯一出路就是實話實說。可是他不能，他不能出賣朋友，起碼現在沒有想好。

校長還在說什麼，他的嘴在不停的翕動，可袁新強聽到的卻是昨天那種集體打電話的嘈雜聲，蟋蟀的叫聲變了，取而代之的是一種尖利的聲音，彷彿有人在用指甲劃玻璃。是不是蟋蟀吃了興奮劑就會發出這樣的聲音呢？

「你說話呀！」

袁新強這才從幻覺中回到現實。「誰告訴您我到八號樓去了？」

他無力的說，無非想起到拖延時間的作用。

「你不要管誰說的！你去了沒有？」

袁新強咬著嘴唇不說話。

「袁新強，你告訴我，破壞天線對不對？」

「不對，可我沒有破壞天線……。」

「我一直認爲你是一個好學生，所以才在學校很困難的情況下，盡最大的力量給予你照顧……，知道嗎？」

「知道……。」袁新強想哭。

「你要和老師說實話，說了實話，我們對你會從輕處理的。」

「我沒有破壞天線——」

「好！就算你沒有破壞，你告訴我，那麼晚到八號樓去幹什麼？」

「就是隨便走走……。」

校長有些急了：「你不要以爲你不說，學校就沒有辦法。你先回去想，想好了和我說清楚再上課。」

袁新強走進教室，所有的同學都目不轉睛的看著他，目送他走到座位拿起自己的書包，然後又默默的走出教室的門。大家猜測，這件事情是袁新強幹的，而且他已經「供認不諱」了。

袁新強沒有回家，他又來到了那個「蟋蟀也吃興奮劑」的報攤。他不看小販的臉，拿起一本畫報就看，這次不是「瀏覽」而是「閱讀」，大約換了三本，每本閱讀平均十分鐘……。小販忍不住說：「你都給弄髒了，我還賣給誰呀？」

這次袁新強沒有快快的走開。畫報還拿在手裡，挑釁的冷笑著說：「你也吃了興奮劑是不是？」

小販大吃一驚，以爲碰上了小流氓，只好忍氣吞聲的翻白眼。袁新強有些失望，他本以爲小販會和他吵一架的。

吃中飯的時候，羅杰、瘋格格、姜准一起來到袁新強家。袁新強急忙把他們帶到樓道裡。「你是不是跟校長都說了？」羅杰緊張的問。

「我什麼也沒有說！」

「那，校長爲什麼找你？」三個人緊緊盯著袁新強的眼睛。

袁新強把昨天在樓門口遇到黃一鳴的事情說了一遍。

羅杰拍了一下巴掌：「不打勤的，不打懶的，專打不長眼的，你要是跟著我們來，也碰不上他……。」

袁新強無言以對，他心裡很窩囊：「你們到底把天線破壞成什麼樣了？」

「我們本來想把天線轉個方向，可怎麼也轉不動。我們一使勁，天線就倒了，沒想到這麼不結實……。」瘋格格比畫了一下。

「這事，你和你媽媽說了嗎？」袁新強問。

「我哪敢跟她說呀！聽我媽說，校長在老師的會上說了，查出來一定要重重的處分。我倒好說，可我媽媽的臉往哪兒放啊！袁新強，你可千萬要保密啊！」

「校長問我，我怎麼辦啊？」袁新強可憐的說。

「你又沒有動天線，你怕什麼啊！」羅杰把手搭在袁新強的肩膀上，「如果你說出去，我們三個人都要受處分。你如果不說，校長也沒有辦法。姜准正在辦出國留學的手續，需要學校出一個操行評語的證明，這個時候要是受了處分，後果不堪設想啊……。」

姜准在一旁默默的點著頭。

袁新強呆呆的站在那兒。如果說，校長和他談話的時候，他覺得這件事情十分的嚴重，那麼現在這件事情已經萬分的嚴重了。三個朋友的安危和前途似乎全繫在他一個人的肩上……。

三個人千叮嚀萬囑咐的走了。袁新強心裡很難過，他非常失望，竟然沒有一個人想到他怎樣度過眼前這道難關。這一夜，袁新強沒有睡著。他編織了許多去八號樓的理由，但剛剛想出來，還沒有推敲，就被自己推翻了。可硬是不說，他又不敢面對校長的眼睛……。

第二天，袁新強挨到快上課的時候才離了家，他去了湖邊。已經是深秋了，幾個早練的老人還在那裡游泳。袁新強就這樣在那裡呆呆的發愣。

也不知過了多長時間，一個老頭在他眼前上了岸。

「孩子，你怎麼不上學呀？」

就在這一刻，袁新強突然決定，他拿起書包往學校走去。那一瞬間，他有了一種悲壯的感覺。

四

下午第二節課，全校同學集合在禮堂裡開校會。校長走上主席台，他洪亮而堅定的聲音在禮堂裡迴蕩：「同學們，破壞八號樓天線的事件現在已經查清楚了。他就是初三(1)班的袁新強！」

集體「哇」了一聲之後，全校同學的目光一起集中在初三(1)班的方向。許多人不認識袁新強，目光像探照燈一樣在初三(1)班掃來掃去。袁新強沒有低頭，他仰著頭目視前方。他周圍的同學怕被人誤會，於是也轉過頭向他看。

「眞是人小鬼大呀！」高年級的大哥哥大姊姊們心情複雜的說。

校長繼續說：「袁新強是個什麼人，他是老師和同學都公認的好同學，什麼好呢？學習好！這件事情就更應該引起我們的深思。一個人光把學習搞好是不成的。對於這種人，我們更要加強思想教育！經學校研究決定給予袁新強同學記過處分！」

禮堂裡很安靜。袁新強轉頭向羅杰的班看去，羅杰的臉看著窗外。

「下面，我們讓袁新強同學做檢查！」

袁新強手裡拿著一張紙向主席台走去，那個檢查他寫了好幾遍，他想把自己的痛苦和委屈寫進去，但是又要不露聲色。談何容易！寫一張撕一張，現在，他的手裡拿的是一張白紙。

他走到台口的時候，他停住了，轉過身看著大家。他在尋找羅杰、瘋格格和姜准的臉。他找到了。他本以爲他們會低著頭。沒有！他看不出他們的表情和其他同學有什麼不同！可能藏在心裡吧！幻想著他們當中有人這時會突然站起來說：「這件事不是袁新強幹的，是我！」

幻想就是幻想，沒有人站出來。禮堂裡依然十分安靜。這一刻，袁新強很想實話實說。

蟋蟀的叫聲轟然而起，淒厲而悲哀。作爲背景的嘈雜聲彷彿不是在打電話而是許多靈魂在呻吟。袁新強痛苦的閉上眼睛，而那聲音卻揮之不去。

袁新強搖了搖頭，大家在猜測他的含義。

袁新強舉著那張紙走到台中間說：「我⋯⋯，因爲，因爲不贊成校長讓我們晚上看電視劇⋯⋯，怕影響我的學習。爲了表示抗議，就在某月某日的晚上九點半鐘，來到八號樓，本想給天線轉動方向，沒有想到⋯⋯。」

一個刺耳的聲音在禮堂裡響起：「不是他幹的——」

全場的人都驚呆了。袁新強向台下看去。吶喊的人是黃一鳴。現在他已經從座位上站起來。今天站起來的怎麼會是黃一鳴呢？難道他也吃了興奮劑。黃一鳴平時說話很流利，現在因爲激動，變得結巴起來：「那天晚上，我和爸爸去看他的一個朋友，出門的時候，看見有三個同學往頂樓上跑。我當時不知道他們去幹什麼，出大門的時候，才看見袁新強……。」

袁新強的淚水奪眶而出，黃一鳴下面說的什麼他全都聽不清楚了……，蟋蟀的噪聲在袁新強的耳邊消失了，興奮劑的藥勁可能過去了。

少年劉大公的煩惱

第一章　聲明

氣象預報說，今天的溫度和氣壓都挺適合戶外運動，空氣質量也是一級。

天氣不錯。劉大公的心情也不錯。走進校門的時候，他特意和傳達室的宋大爺打了個招呼。

不料，走到布告欄前面的時候，卻發現情況有點異常。本來正在看布告的人紛紛側過臉來莫名其妙的還隱藏著一股掩飾不住的壞笑，要命的是人群中還有幾個女生——

劉大公垂下眼皮，飛快的溜了一眼自己的全身。是不是臉上有什麼髒東西？還是衣服扣子扣錯了？當然也不排除穿了兩隻不一樣的鞋——幸好，沒有發現什麼值得大家嘲笑的地方。

問題說不定出在布告欄上——一定有什麼與自己有關的重要消息。

表揚或者獎勵？不可能！儘管他對表揚和獎勵充滿渴望。批評或者處分？更不可能！劉大公雖然不是什麼出色的學生，但他絕對是百分之百的守法公民。

布告欄裡到底是什麼內容，他真是想像不出來。本想向教室逃去，但布告欄的疑惑讓他止住腳步，硬著頭皮走近布告欄。劉大公只覺得心在怦怦亂跳。他知道臉一定紅得一塌糊塗。

大家紛紛給他讓路。

一張A4打印紙貼在布告欄的玻璃裡面，紙上是幾行手指甲蓋兒大小的字：

重要聲明

敬請各位師生注意：劉大公子並非封建社會有錢人家的少爺或者公子。他乃是當代京城「大華街中學」高二年級一個書生是也。劉大公子本名劉大公。劉大公子或者劉公子僅是好事小人爲他起的綽號而已。特此發表重要聲明，以正視聽！

劉大公某年某月某日

劉大公愣住了。他從來沒有寫過什麼聲明。是什麼人假冒自己的名義弄了這麼個不倫不類的東西貼在這裡？這是幹什麼？既不是表揚也不是批評。用北京話來說，這叫「現眼」。用大家都能聽明白的話來說，這叫出乖露醜！

有人在搞惡作劇！這是劉大公的第一個反應。他想立刻把聲明撕下來。不料布告欄的玻璃窗上卻掛著鎖。本來他可以找到教務處的老師來處理，可是周圍那些關注他的眼睛好像在挑釁的說，看你怎麼樣？是不是就這樣窩囊的滾蛋？是不是去向老師哭訴？是不是就這樣忍氣吞聲……，說不定搞惡作劇的人就在圍觀的人當中看熱鬧。劉大公只覺得血湧上頭，一個念頭出現了：把玻璃砸了……，還不用說這是欺人太甚，就是爲了做給別人看，也得這麼幹！

不遠的地方有半塊鋪甬道用的血紅色的水泥磚，如果是整塊磚的話，那上面被分成九個格，眼前這半塊大約還剩四個格。劉大公撿起來很壓手，他朝玻璃中間「捅」了一下。不知道是玻璃厚，還是用勁太小，玻璃居然沒有動靜。劉大公縮回手，又來了一下。

這次動靜可大了。嘩啦一聲，玻璃碎了一地，劉大公只記得櫥窗的右上角有塊像教學用的木製三角板形狀大小的玻璃還留在上面。

劉大公伸進手一把撕下聲明，頭也不回的向教室走去。他知道背後的目光會像探照燈打出的光柱一樣，在他脊背上晃來晃去。

勇氣突然消退了，惶恐悄悄湧上心頭。

萬一學校怪罪下來，頂多賠塊玻璃。反正手裡拿著「罪證」，不怕學校讓我一人承擔。關鍵是剛才的舉動是不是值得？劉大公想。

話說回來，這聲明也並非全部是無中生有。首先，劉大公的確有個劉大公子的外號，而且已有兩年之久。劉大公剛上初一的時候，他的名字被公認爲好的。你看這名字，筆畫不多，端正簡潔，不但好記而且念起來也十分響亮。如果從字義上來講，那就更好了——大公無私嘛！

但，就像先哲們說過的那樣——眞理向前跨進一步就會變成謬誤。大公後面加了個子字，味道和意義就全都變了。

幾年前，古裝電視劇開始大行其道，勢如潮湧，鋪天蓋地。中學生耳濡目染。晚上看了電視劇，第二天早晨就把戲裡的台詞和稱謂搬到學校來。

詳情不必細說，劉大公就是在這個時候被變成劉大公子的。

兩年過去了，劉大公從高一升入高二。別人的相關外號都是臨時的，隨著時間的推移，早已消失得無影無蹤。只有劉大公子這個外號

卻如影隨形的跟定了劉大公。久而久之，劉大公的耳朵也磨出了繭子，並沒有發生什麼不愉快──

倒楣的是，昨天數學課上，劉大公遭遇了「外星人」。

不光學生有外號，老師也有外號，「外星人」就是數學韓老師的外號。韓老師的老家在外地，雖說來京城也有好幾年了，但說話還是帶有濃重的家鄉口音。他一開口，學生們便不由得想起某個喜劇小品演員的模樣，因此便時不時的發出並無惡意的嘻笑。

韓老師人很樸實，又很認眞，有時候甚至可以說很叫眞兒。笑者無意，聽者卻覺得很難受。終於有一天，韓老師在一次全年級的師生大會上不無幽默的說：「你們京城長大的學生見的世面多，最講文明禮貌，普通話說得最好。我們外星人要向你們學習。但希望大家以後不要嘲笑我們外星人……。」

韓老師的本意是要說「不要嘲笑我們外鄉人」，但在他的發音中，外鄉人和外星人是一模一樣的。

同學們大笑。

韓老師不知道大家發笑的眞正原因，居然又認眞的補充道：「就是呀，外星（鄉）人也是人啊！」

大家又笑。

韓老師從此有個外星人的綽號——「外鄉人」升級爲「外星人」。「外星人也是人」也成了同學們經常引用的經典。

韓老師本來是不教劉大公這一班的，恰好教劉大公他們的數學老師的父親有病請假，暫時由他來代課。

韓老師在黑板上寫了道數學題，扔下粉筆大聲說：「請劉公子來做一下。」

教室裡有人笑了。

劉大公愣了一下。儘管同學們經常叫他劉大公子或者劉公子，可是作爲老師稱他爲劉公子這還是第一次，況且還是在課堂上。老師在某種意義上就是「領導」，就是「官方」，一言一行都要合乎規範。

老師的言行就是學生無聲的榜樣。老師怎麼能在正式的場合隨便叫學生的外號呢？劉大公心中便生出幾分牴觸。教室裡的笑聲更說明了這可不是劉大公多事。同學們沒有水平，隨口亂叫。老師不能沒有水平，也隨便亂叫同學的外號啊！

劉大公的自尊心莫名其妙的陡然增長。殊不知，劉大公實在是誤會了韓老師。韓老師不熟悉這個班，對這個班略知一二。樓道裡、操場上可能聽見過有人這樣呼叫，他以爲劉公子就是一個正式的名字，絕非一個同學的外號。

劉大公站起來：「老師，我不叫劉公子！」教室裡突然安靜下來，因爲這樣的舉動對於劉大公來講已經屬於反常。在大家的心目中，逆來順受倒是符合劉大公的性格。

劉大公做了一點小小的抗議，以捍衛自己的尊嚴。他本以爲韓老師接下來就會問：「你不叫劉公子，你叫什麼？」這時他就可以平靜的回答：「我叫劉大公！」

沒有想到，韓老師還眞具有外星人的思維。他居然說：「你不叫劉公子，你站起來幹什麼？」

劉大公一時無言以對，站著不是，坐下也不是。

班上那些「邪惡勢力」的歡樂時刻來到了，有人開始起鬨：「老師，沒錯！他就是劉大公子，你叫他劉公子他不愛聽……。」說話的是尹東西——「邪惡勢力」的首要分子。

韓老師的臉變得陰暗起來。他誤以爲劉大公是故意搗亂，於是冷冷的說：「你坐下，請別的同學來回答。」

一節課就在這窩窩囊囊的情緒中上下來，自始至終也沒有給劉大公申訴的機會。下課的時候，劉大公走到韓老師的跟前。可惜，同學們圍著韓老師問這問那，劉大公只好快快的回到座位上。

他走到好朋友易小強的跟前，低聲問：「你說我剛才做得對嗎？」

易小強抬起頭：「什麼對不對？你說什麼呢？」

「我和韓老師說我不叫劉公子——」說完了，劉大公就看著易小強的眼睛。他期望得到一個肯定的回答。

易小強卻說：「你有病啊？」

「我怎麼有病了？」

「叫一下劉公子怎麼了？用得著這樣叫真兒嗎？」

劉大公一句話沒說，轉身走開了，他的心裡很悲哀。之所以悲哀，是覺得自己一點自信也沒有了。他也想自信，可是每當他自信的時候，事實都證明他自信的結果是錯誤的，他是沒有資格自信的。你看，剛才他自信了一下，按照自己的選擇做了一件事。結果怎麼樣？不但遭到老師的白眼，還被朋友說成是有病！

有將近半年的時間了，不論大事小事，只要劉大公面臨選擇的時候，他就好像站在一個十字路口上。走哪條路似乎都對，可仔細一想，似乎又都不對。於是他矛盾萬分，徘徊猶豫。每到這個時候，他就想找個人問一問。如果找不到別人，他的腦子裡就總有兩個小人兒在爭吵，一個小人如果說走東邊，另一個小人肯定就會說走西邊……。

不少時候，劉大公真覺得他選擇道路的時間比他走路的時間還要長。他需要一個嚮導，需要一個裁判！

目前，易小強就是劉大公的嚮導，就是裁判。既然嚮導和裁判說他「走」錯了，這對他的自信當然是個沉重的打擊。

……

走到沒人的地方，劉大公把揉成一團的聲明小心的展開，又仔細的看了一遍，想從字裡行間找出那個「犯罪嫌疑人」。直覺告訴他：聲明這件事是尹東西幹的。

尹東西雖然「邪惡」，但在班上卻也有幾個「蝦兵蟹將」追隨。大多數男生對他「敬鬼神而遠之」。只有易小強雖然沒有和他短兵相接、當面衝突，卻每每軟中帶硬的對尹東西進行反擊，也倒起了彈壓其志的作用。這讓尹東西在易小強面前也不敢太過猖狂。劉大公和易小強關係不錯，尹東西的目光就瞄上了劉大公。

劉大公走進教室。易小強正在和別人聊天。劉大公走過去把聲明放在易小強的桌子上，小聲說：「你看。」

易小強看看聲明，不但沒有絲毫的保密意識，反而煞有介事的微微晃起腦袋大聲說：「不錯，內容不錯，文筆也不錯。雖說是小題大作，但用心良苦——不錯——」

「什麼不錯？你看這是誰寫的？」劉大公著急的問。

易小強開始歪腦袋，他一裝傻充愣的時候就歪腦袋：「誰寫的？什麼意思？這上面明明寫著你的名字。」

「不是我寫的！是有人冒名頂替！」

「冒名頂替？」

「這是我從校門口布告欄的櫥窗上撕下來的。」劉大公著急得有些結巴。

「有這事兒？」

「眞的，我把櫥窗玻璃給砸了。」

「砸玻璃？你敢砸玻璃……砸玻璃幹什麼？」

劉大公只得把剛才的情況詳細說了一遍。

「明白了，不過……寫得也沒有什麼錯誤呀！你那麼著急幹什麼？也用不著砸玻璃啊！」

劉大公感到很壓抑。常常是這樣，他激動的時候，易小強說他沉不住氣；他冷靜的時候，易小強又說他沒有男人的血氣，弄得劉大公簡直不知所措。現在，心裡的一個支柱好像在坍塌——砸玻璃的舉動似乎不但沒有價值，而且變得很滑稽。

易小強是一個聰明而且非常有主意的人。在易小強的面前，劉大公簡直就是個弱智兒童。當然，易小強的智慧和自信也會遇到別人的挑戰。每當這個時候，劉大公就理所當然的把信任票投給易小強。

有一次，劉大公和易小強在地鐵車站遇到一個乞丐。那是個蓬頭垢面的老婦人，樣子好可憐！劉大公忍不住停下腳步往老婦人跟前的鐵盒子裡扔了五毛錢。劉大公的善舉卻遭到易小強的批評。

「你可眞是個傻冒兒，這些人不勞而獲。其實他們一點也不窮，就裝出這副賴樣了……。」

從此以後，劉大公再遇到這類乞丐的時候，雖然也發善心但不再給錢，以免再被人說成是傻冒兒。可是有一次，劉大公和班上的宋曉萍參加完合唱團的活動又在地鐵車站遇到一個乞丐。宋曉萍居然給了人家一元錢。劉大公就把易小強教導他的話拿出來照說。宋曉萍義正辭嚴的反駁說：「照你那樣懷疑，眞正的窮人就永遠得不到幫助了。富有同情心是每一個人應該具有的品德。至於他們是眞乞丐還是假乞丐，那是他們自己的事情……。」劉大公覺得也滿有道理，與人家女孩子相比，自己倒反而顯得境界很低了。

回來以後，劉大公又把宋曉萍的話對易小強照說。易小強撇撇嘴：「她懂什麼？古人說，勿以施小善而行大惡。」

劉大公不大聽得懂易小強在說什麼，只有乾瞪眼的分。易小強說：「這麼說吧，你同情了騙子和壞人。表面上是做了點善事，實際上你是做了大大的壞事啊！」

易小強的爺爺是學者，難怪他出口成章，引經據典。在分不清易小強和宋曉萍誰的理論正確之前，劉大公聽易小強的。

「你說這是誰寫的？」劉大公問。

「讓我好好想想。」易小強似乎並沒有劉大公那樣著急。

尹東西突然風風火火的從外面跑進來。看見劉大公，他放慢了腳步，晃著肩膀走過來：「請問，哪位是劉大公子啊？」那模樣和電視劇裡的狗腿子毫無二致。

劉大公沒答腔。這傢伙太卑鄙了，他是來觀看他一手製造的「快樂」的。而他的快樂大多是建立在別人的痛苦之上。

尹東西拍了一下劉大公的肩膀：「你聽見沒有？叫你呢！」

「什麼事兒？」劉大公沒好氣的說。

「校長讓你馬上到校長室問話！」

教室裡的人都愣住了，校長找一個普通同學問話可是個稀罕事。

劉大公頓時緊張起來：「校長找我？什麼事兒？」看樣子，尹東西不像是撒謊。

尹東西用手點著劉大公的鼻子：「你現在是名人嘛，校長都要接見你了。」

劉大公走出教室，尹東西的壞笑從後面傳了過來。

劉大公走上辦公樓二樓，腳步漸漸變得沉重。在學校待了幾年，他從來沒有和校長說過一句話。現在校長突然找他……。易小強說得對，聲明算不了什麼大錯誤，可砸玻璃的事情是個大問題。不過，今天的事情有這麼嚴重嗎？可是不嚴重校長找他幹麼呢？他眞是倒楣透了，怎麼這麼激動、這麼沉不住氣呢？

走到校長室門前的時候，他做了下深呼吸，摸摸口袋裡的聲明，硬著頭皮喊報告。

門開了，校長站在門口。劉大公感到很奇怪。以前每次到老師的辦公室門前喊報告的時候，裡面總是回答：「進來！」

今天校長親自來開門，劉大公很不習慣。

「你叫劉大公嗎？」

劉大公點點頭，把聲明從口袋裡掏出，預備在手裡。

校長招呼劉大公坐在沙發上，又從飲水機裡接了杯水遞過來。劉大公幾乎是從沙發上跳起來去接水杯。他有些不知所措，簡直是受寵若驚了。那紙水杯似乎太軟，只是用手一握，水馬上就要溢出來。

校長是個不到五十歲的男人，在劉大公的印象中他很高大，也很威嚴。現在當他坐在椅子上對劉大公說話的時候，劉大公怎麼都覺得他和站在台上講話的那個校長不是同一個人。

劉大公有種騰雲駕霧的感覺，剛才接過水的時候他應該說謝謝啊！怎麼忘了呢？已經喝了一口，時機就不對了——他太緊張了！他有點控制不了自己。

「你喜歡唱歌嗎？」校長問。

劉大公一愣，他懷疑聽錯了，怎麼問起唱歌來了。

「不要緊張。」校長微笑了一下，接著又問了問劉大公父母在哪兒工作，家離學校遠不遠。

劉大公有些胡塗了，心裡開始發毛。怎麼還不提砸玻璃的事情呢？根據以往的經驗，當一個同學犯了錯誤而且被老師掌握的時候，許多老師都採取這種欲擒故縱的辦法——有話不直說，先微笑著，其實是冷笑著說些讓你摸不著頭腦的話，然後再突然轉入正題，讓你猝不及防，嚇你一大跳。老師顯得很厲害，學生往往是最難受的時候。

校長緩緩的開口了：「劉大公，你看，有這麼個事兒，咱們學校下個月要舉行文藝節，希望能把你的表哥請到學校來和同學們見見面。」

「我表哥？」劉大公一時沒有反應過來。

「對呀，你的表哥方笑！」

劉大公全都明白了，校長今天找他來根本不是為什麼聲明和砸玻璃的事兒，而是爲了讓他請歌星方笑到學校來。怪不得校長他這樣客氣呢！劉大公心中不由暗暗叫苦。

方笑是當今著名的青年歌星，他既不染黃頭髮，也不穿肥褲腿，略顯消瘦的臉上還戴著一副眼鏡。班上的女生幾乎每個人的本子裡都有幾張方笑的照片。多儒雅啊！女生稱讚方笑經常是這樣開頭。男生雖然沒有女生那樣狂熱，但說起方笑，幾乎是異口同聲：哇——巨酷——

劉大公的眼睛有些發直。

校長接著說：「本來，請你表哥的事兒，學生會主席要找你談，你們班主任要找你談。我和他們說，請方笑的事情是大事，我要親自和劉大公同學談。」

劉大公的眼睛更直了。

「我們知道你的表哥特別忙，我們也知道他的每分鐘、每小時都是金錢，想請到他非常非常難——劉大公同學，幫助學校做點貢獻吧。」校長的口氣明顯的帶出懇求。

「你先和他說一聲，如果同意了，我再親自登門正式邀請——」

劉大公的媽媽有個妹妹，妹妹也有個兒子。也就是說，劉大公的確有個表哥，但可惜他不是方笑。劉大公既沒有當歌星的表哥，也沒有任何當歌星的親戚。也就是說，他和方笑什麼關係也沒有。

「有什麼困難嗎？」校長的聲音彷彿從天邊傳來，幽幽的，飄忽不定。

劉大公的腦子裡一片空白。兩個月前種下的謊言種子，曾經開過「美麗」的花。即便在那段時間，劉大公也沒有「享受」過「歌星家屬」的待遇，更沒有覺得幸福，而是整日忐忑不安，生怕別人提起他的「表哥」。現在，那美麗的花結果了。這果實原來是一個即將引爆的炸彈！

校長摸摸劉大公的頭：「你的臉怎麼這麼白，是不是得病了？」

劉大公點點頭又搖搖頭：「沒事兒——」

校長說：「你先回去，盡快給我個消息好不好？」

劉大公如獲大赦般的走出校長的辦公室，覺得手裡身上都濕漉漉的，腿上一點勁兒也沒有。

第二章　謊言

人的主觀想像中，在一個學校或者一個班級裡，經常被人欺負的都是些弱小的、弱智的、有生理缺陷的同學。其實不然，劉大公就是一個很正常的人。他身高一七五，不胖不瘦，皮膚白皙，五官端正……，非要說不足的話，他顯得有些文弱，說話愛臉紅。

劉大公獨自一個人的時候，經常琢磨，尹東西這些人爲什麼就總和我過不去呢？不願意與他們爲伍，這是正常的呀！大家興趣不一樣，不接觸就行了。不是物以類聚、人以群分嗎？就說文弱和臉紅，可這礙他們什麼事了？是不是因爲和易小強好，他們看著有氣，不敢跟易小強鬥，就拿自己出氣呢？在這個世界上，可能有些人天生就喜歡欺負好欺負的人。沒有欺負的對象，他們會找一個。沒有劉大公，他們也會找一個劉小公來欺負。我好欺負嗎？每每想到此處，劉大公就激憤難平。男孩子的血氣也燃燒得令他不能自已，他也想和他們鬥，可他豁不出去。他們耍混，他們耍無賴，他們心黑，他們整天琢磨著怎麼拿別人開心。劉大公能這樣嗎？還不用說動手打架，劉大公能寫一個聲明貼在布告欄裡嗎？就說劉大公的表哥是歌星的這件事，也純粹是他們給逼出來的！

兩個月前的一天，易小強對劉大公說：「知道嗎？方笑搬到咱們小區這塊兒來住了。」

「住在哪兒？」劉大公也覺得這是一條令人興奮的好新聞。

「新新花園裡。」

「那不是就和咱們隔著兩個樓嗎？」

「對呀！這回咱們可以鎮鎮尹東西那幫小子們了。」

「什麼意思？」劉大公沒明白易小強在說什麼。

「你想啊！尹東西他爸爸是演出公司的，時不時拿些亂七八糟的演出票在班上炫耀，一會兒說這個演員是他爸爸的朋友，一會兒說那個歌星是他爸爸的哥們兒。現在好了。」

「可是，方笑和咱們有什麼關係啊？」劉大公還是沒有明白。

易小強摸摸劉大公的腦袋：「你腦子沒有問題吧？」

劉大公本能的撥了一下易小強的手：「有話說話，不要動腦袋。」他心裡明白，他跟不上易小強的思路。

一天以後，劉大公和易小強多了一個良好的習慣——晚飯之後在新新花園門口的林蔭道上散步。晚飯後出來散步的大多都是成年人，其中以老頭、老太太居多。像劉大公和易小強這麼年輕的還眞是少見。堅持到第四天，終於遇到了方笑也出來散步。其實，與其說散步，不如說他送客人走得遠了點。

雖說住在同一個地區，可新新花園是名人和富人住的地方，有長滿常春藤的鐵柵圍著，裡面綠蔭如蓋，與劉大公和易小強住的普通樓房是不可同日而語的。他們只是有資格與方笑走在同一條林蔭道上。

「快看，方笑！」易小強拍了一下劉大公的肩膀。

劉大公定睛看去：「挺普通的啊！」

那天天氣很熱，路邊的一排槐樹上還有蟬的鳴叫。方笑穿一件沒有領子的黑色T恤，下面穿一條花格的肥大短褲，腳上居然是拖鞋。他的身邊有兩個朋友，都是男的。一個西服革履，頭髮閃亮，中年胖子，可能是他的經紀人；另一個披肩長髮，還挽了一個小纂兒，像個搞藝術的。

易小強拉著劉大公快步上前。距離還有十米左右的地方，易小強放慢腳步。眼見方笑的兩個朋友鑽進了路邊的汽車，方笑轉身走了回來。走了兩步，他突然跳起去摸頭上的槐樹葉，落地的時候手裡還真捏了一枝。

劉大公和易小強與方笑相遇了。易小強熱情而很有分寸的對方笑點點頭：「方笑，你好，我們都很佩服你，也特別喜歡你。」

方笑見多識廣，在路上被人認出來是經常的事情，也點點頭微笑著：「你們好，謝謝！」

「我們就是旁邊大華街中學的，我叫易小強，他叫劉大公。」

方笑點點頭。

稍事停留，易小強拉著劉大公與方笑擦肩而過。劉大公不由得回頭看著方笑的背影。剛才易小強和方笑說話的時候，他處於一種呆滯的狀態，好像在作夢，嘴不能說話，腿腳不能動彈。歌星好像有一個光環，所有被罩在光環裡的人都變得沒有任何自主的能力。現在離開了，他恢復了常態。他不能不佩服易小強，但他不滿足。好不容易見到一次歌星，光問一個好，豈不辜負了四天的等待。

「你怎麼不和他多聊一會兒？」劉大公喃喃的說，「你是不是也緊張？」劉大公希望易小強也和他一樣，否則易小強可真成了人精了。

「我可不像你那樣忧窩子，但我們也不能讓人討厭，你懂嗎？」

「歌星也是人，他們也要過正常人的生活。在舞台上他們享受觀衆的掌聲和鮮花，被大家簇擁著簽名照相。可是回到家裡如果還是滿耳朵的掌聲、歡呼和追逐，他們肯定受不了。歌星喜歡熱鬧，歌星也喜歡安靜。當他渴望掌聲的時候受到冷遇，他不高興；當他希望得到安靜的時候，你去打擾他，他肯定會煩……。」易小強解釋說。

從此以後，方笑走出家門的時候經常會遇到兩個可愛而又很懂禮貌的男生尾隨著和他聊上兩句。他們很懂事，歌星有朋友在一起的時候，他們會知趣的離開。偶爾讓方笑給簽個字，方笑也會欣然答應。班上有三分之一的同學都沾過光。

消息漸漸在班上傳開——易小強和劉大公與方笑很熟。

那幾天，尹東西猖狂的氣勢也的確收斂了不少。

本來如果就這樣長此以往也是挺正常的事情。不料，易小強又讓

「眞理向前跨進了一步」。不過，公平的說，他向前跨進的這一步純粹是迫不得已——讓尹東西給逼的。

有一天，尹東西在班上公開「擠兌」劉大公，也「掃」著易小強。

說到劉大公，尹東西毫無顧忌：「咱們班上最可憐的就是劉大公，家長沒有什麼本事，自己也沒有什麼本事，就會給別人當跟屁蟲——」

說這話的時候，劉大公和易小強都在場，可見尹東西之猖狂。他說的跟屁蟲，不知道說劉大公是方笑的跟屁蟲還是易小強的跟屁蟲。不論說誰，這話都夠讓人憤怒的了。

還沒有等劉大公憤怒，易小強先憤怒了。易小強的憤怒和常人不太一樣。他能微笑著說出憤怒的內容。現在，他微笑了，歪著頭開始對著窗戶說話，好像是在自言自語：「如果因爲謙虛就被人說成沒有本事，那麼喜歡吹牛的豈不都成了英雄模範了？世界上好像沒有這樣的道理……。」

尹東西一愣。他是這樣一種人：他們見著弱小的人心裡就有氣，不經常嘲笑一下，不經常欺負一下似乎對不起別人也平衡不了自己。用京城的土語說，就是「見著㞞人攏不住火」。「擠兌」劉大公這樣的人，簡直就是家常便飯。他之所以敢欺負劉大公，也是因爲他知道劉大公不敢把自己怎麼樣，沒有想到「半路殺出個程咬金」。

尹東西雖然不怕易小強，但他不能不把易小強放在眼裡，冷笑著說：「劉大公倒是想吹牛，你問他們家有牛嗎？」

「他們家有沒有牛我不知道，但我知道方笑是他的表哥。方笑比牛值錢吧——」易小強也冷笑著。

「哪個方笑？」

「當然是唱歌的方笑！」

尹東西愣了，教室裡的同學愣了，劉大公也愣了。劉大公還沒有愚蠢到當場反駁易小強的程度，但心中暗暗吃驚——易小強怎麼能這樣說啊！

尹東西將信將疑的說：「吹牛吧？」

「你愛信不信。」易小強擺出無所謂的樣子。

「方笑有什麼了不起！」尹東西已經沒有了底氣。

「劉大公進方笑家是串親戚，你連方笑家的門朝哪邊開都不知道……。」易小強沒有放鬆進攻。

同學們嘩地一下圍了上來。他們好像第一次見到劉大公。

「眞的?你怎麼不早說？」

劉大公尷尬的微笑著，這時，不管怎麼笑都是對的。

易小強還在繼續擴大自己的「戰果」：「我告訴你們啊！」說到這裡，易小強故意停頓了一下，問劉大公：「說了吧？」

劉大公根本不知道易小強接下來要說什麼，但他信任易小強，於是沒有表態。易小強徵求意見好像就是個形式。他接著說：「方笑的眞名叫孫方笑。他爸爸姓孫，媽媽姓方。劉大公的媽媽也姓方，她的姊姊就是方笑的媽媽。也就是說，劉大公的媽媽是方笑的親姨……。」

他這樣一說方笑的家史，大家僅有的一點懷疑也煙消雲散了。

放了學，劉大公把易小強拉到操場上問：「你怎麼能這樣啊？」

「我開始也不想這樣，你沒看尹東西那個狂樣嗎？他那麼踩你，你受得了嗎？」

「那也不能撒謊呀？」

「這有什麼？我告訴你，我還怕他們不信呢！相信了，就是勝利！你不但不應該怪我，你還應當感謝我呢！」

「什麼？還要感謝你？」

易小強嘆了口氣，顯出非常知心的樣子：「劉大公，我告訴你，你知道你爲什麼老受窩囊氣嗎？你關鍵就是不會動腦子！」

劉大公無言以對：「你說，不會出什麼事吧？」

易小強笑了：「出什麼事？會出什麼事？我們又沒有做什麼壞

事。你也太膽小了！」

從那天以後，劉大公每次出入學校就會發現遠處有人對他指指點點。他知道，那是在議論他和方笑的關係。劉大公偶爾聽見幾句，其中最多的一句話就是——你還甭說，長得還眞有點像。

方笑是劉大公的表哥並沒有給劉大公帶來什麼實質性的好處，實質性壞處倒是眞眞切切的出現了。

回到教室，劉大公被大家圍了起來。尹東西也嘻皮笑臉的探過頭來：「怎麼樣，校長和你說什麼？」

劉大公搖搖頭不說話。

尹東西把嘴一撇：「別問了，劉公子遇難了。劉公子漲行情了！敢砸學校的玻璃。多大膽子！自作自受吧！」

「根本沒提玻璃的事兒！」劉大公實在忍不住了。

「你蒙誰呢？」說著話，尹東西大聲喊起來，「帶劉公子上堂

──」

大家覺得無聊，也沒有什麼笑聲響應。

「校長找你幹什麼？透露我們一點，看你的臉色不像什麼好事？」幾個熱心的傢伙還在追問。

劉大公無言以對。

大家散去以後，易小強走到劉大公跟前小聲問：「到底什麼事？」

上課鈴響了。

「下課再說。」

「是不是砸玻璃的事兒？」

「不是──」

「那是什麼事兒？」

「一下子說不清……。」

整個一節課，劉大公心神不定，他心裡比易小強要急得多。他要盡快找易小強會談。

好不容易熬到下了課，劉大公看了一眼易小強。心照不宣，兩個人來到鍋爐房後面的角落裡。劉大公飛快的將校長找他的經過敘述了一遍。

「你打算怎麼辦？」易小強看著劉大公的眼睛。

「就是不知道怎麼辦，才找你商量的。」

易小強拍著腦袋想了一會兒說：「我想好了，你去找方笑，求他到學校來參加文藝節。」

「他怎麼可能來呢！肯定不同意！」

「你怎麼知道他不同意呀？我告訴你，事在人爲！許多事情看著犯難，但大膽的去幹，說不定就能成功！我跟你說，當年我爸爸跟媽媽談戀愛的時候，他們正在上大學，我媽條件特好，我姥爺是大學教授，我媽人又長得特別好看，許多男生喜歡她，但沒人敢開口。我爸爸當年是個窮學生，人長得也一般，既不是體育明星，也不是文藝明星。論條件他根本配不上我媽。可你猜怎麼著，他就是膽兒大，他就找我媽表示了。你猜怎麼著……就成了……。」易小強繪聲繪色。

「你爸媽談戀愛，你在旁邊？站著還是坐著？」

「不跟你開玩笑，我說的是這個道理。」

「要不你去……。」劉大公還是心虛。

「你去，他是你表哥，不是我表哥呀！你去，這也是鍛鍊你辦事能力的一次機會呀！」

劉大公抬起眼皮瞥了一眼易小強，心想，都是你讓我倒的楣。危險來臨了，你怎麼光讓我一個人往前衝啊？話到嘴邊卻怎麼也說不出口。

「什麼關係也沒有，就叫一個大歌星到個中學參加文藝節，這不是天方夜譚嗎？」劉大公說。

「大歌星到中學怎麼了？我爸說他們上中學那會兒，國家領導人還經常到學校給孩子開家長會呢！歌星有什麼了不起，到一個中學來怎麼委屈他了？」易小強說著說著甚至莫名其妙的義憤起來。

劉大公覺得易小強說話開始不著邊際，於是打斷他：「要是萬一不來呢？」

「不來，就跟校長說他實在有事來不了。」

「那還不如現在就說呢！」

易小強的小臉繃了起來：「我說劉大公！您眞是劉大公子呀！您眞是劉大少爺呀！衣來伸手、飯來張口呀！沒有天上掉餡餅的好事，你爸媽是多大的官，什麼官都不是，是特純特純的平民百姓。你自己不努力，靠誰呢？」

劉大公不說話了，他不想說話了。

上課鈴響了。兩個人都陰沉著臉回到教室。

易小強最後的這段話刺痛了劉大公。這段話雖說不無道理，但它就像一根針挑開了一個傷疤。他覺得心臟就像被壓上了個東西，不能像平時那樣自由的跳動。

說到父母，劉大公有種羞於向人提起的感覺。爸爸是報紙的投遞員，但他不是郵局的，他只爲一家報社送報，只送一張報紙。那張報紙要求送報入戶，爸爸就要樓上樓下的跑。雖說那報紙是非常的受歡迎，但爸爸不是編輯也不是記者。人們問起他爸爸在哪兒工作，劉大公就說在報社工作；人家問，是記者？劉大公就說：不是，做行政工作……。媽媽在一家出版社當校對，工作很累，也很單一。也不知道爲什麼，回家就沒有好臉色，總好像在單位受了多大的委屈。

初三的時候，劉大公拿著一本《心靈雞湯》給媽媽，說：「媽，你解解悶兒，換個角度看生活，生活就會有光彩。」媽媽說：「你算了吧！媽媽白天看了一天的清樣，腦袋都大了，晚上還要看書！你把學習搞好了，考上個名牌大學比什麼都強。」劉大公問媽媽：「你每天看那麼多書，一定學了好多好多知識吧？」媽媽苦笑說：「跟你說，我左手拿著原稿，右手拿著清樣，不但要看清樣和原稿一樣不一樣，還要看有沒有錯別字，哪還顧得上書裡的內容呀！也就是個大概吧！」

劉大公家的生活有些清苦。不用說別的，單說電腦，別人家早就升級換代，不知有多高級了，而劉大公用的還是當年舅舅淘汰下來的，既不能上網，也不能看光碟，就連聽歌也聽不了的那麼一個號稱是電腦的「打字機」。

第三章　夢遊

課間操的時候，劉大公來到教務處，拿著那份聲明向老師說明了砸玻璃的經過。

「貼聲明是不對的，當然我把玻璃毀壞也是不對的，我賠玻璃。但我也希望學校能查出貼聲明的人，主要責任在他。」劉大公力求平和的說。

教務處的女老師冷笑著說：「你可眞行，居然砸玻璃。你們家玻璃上有塊髒東西，你就把玻璃砸了嗎？」

劉大公不敢頂撞，易小強說過，眞理一般是掌握在老師手裡。

老師的冷嘲熱諷完了，語氣也緩和下來：「行了，知道錯誤就行了，交錢吧！」

下午放學的吋候，劉大公看著布告欄的玻璃已經安好了，稍稍安了心。

回家以後，劉大公早早吃了晚飯就走出家門，在新新花園大門前面的林蔭道上來回溜達，希望方笑出現在大門口……。一個小時過去了，方笑連個影了也沒有。他經常開的那輛吉普車也沒有出現。他不會去外地吧？

易小強出現了，很快與劉大公會合了。不說話，只是默默的隨著，劉大公還是感到朋友的溫暖。

又一個小時過去了，依然杳無音信。劉大公和易小強回了家，還有那麼多功課要做。

當天夜裡，劉大公做了個夢。

方笑來到他們家，好像是做客，劉大公有些受寵若驚。他急忙給方笑倒茶。拿起一個玻璃杯，不料那杯是碎的，也沒全碎，只是杯底的玻璃上裂出了許多斑駁的碎紋。劉大公趕忙又換了一個，不料，那杯子依然是裂的，不過是裂在杯口上。劉大公回頭的時候，方笑已經不見了。劉大公問媽媽。媽媽說：「我知道他是誰呀？」劉大公到了河邊，許多人在嚷嚷，好像是方笑落水了。劉大公想都不想就跳下水，在裡面尋找方笑。所有的人突然在岸邊笑起來。劉大公回頭一看，方笑就站在岸邊，連衣服都沒有溼。劉大公情急之下想大聲喊：「你怎麼能這樣？」心裡非常難受，因爲那聲音連他自己都聽不清……

劉大公醒了，只覺得頭痛得厲害。

……

第二天，劉大公又去等了一個晚上，還是沒有什麼結果。

「當時要是跟他要個電話號碼就好了。」易小強說。

「跟他要他也不一定給咱們。」

劉大公走到門衛跟前：「請問，看見方笑回來了嗎？」

門衛冷著臉：「不知道。」

「你知道他住在幾樓幾號嗎？」

「不知道。」

「我能進去一下嗎？我有急事找他。」

「打電話。」

「我不知道號碼。」

「連電話都不知道，更不可以了。」

等到第三天早晨，方笑還是沒有露面。校長讓班主任問了一下劉大公「請表哥」的進度。劉大公心裡火燒火燎的。易小強給劉大公出主意，讓他給方笑寫封信，寫上新新花園方笑收，八成能收到。

劉大公馬上就寫了信，還特意留下了家裡的電話號碼，投到「黃帽子」信筒裡。這樣，當天就可以收到。

又是三天過去了，沒有任何回答。劉大公開始考慮怎麼對校長說話了。是說病了，還是說在外地沒有回來？可是萬一校長下次有個什麼節再找他怎麼辦？如果實話實說，說他根本沒有這個表哥，可以一了百了。

「你這不是找死嗎？你怎麼能有這樣的想法！要是這樣，你在學校永遠也抬不起頭來，連我也會跟著你受連累！」易小強聲色俱厲的說。

劉大公不想「找死」，也不想連累易小強。請方笑的事情像塊大石頭重重的壓在劉大公的心頭。

吃晚飯的時候，家裡的電話鈴響了。劉大公先是一驚，接著就跑了過去。

電話是易小強打來的，說有重要的事情要和劉大公談，約好十分鐘以後在林蔭道上見。一定是有方笑的消息了。劉大公急忙把飯吃完，幾乎是飛跑著來到易小強的跟前。

易小強不無揶揄的問：「你小子最近可是越來越成熟了？」

「什麼意思？」劉大公根本摸不著頭腦。

「我問你，那份聲明到底是誰寫的？」

「什麼聲明？」

「別裝傻了，你裝傻都裝不像。」

「是不是貼在布告欄裡的聲明？」

「還有什麼聲明！當然是了。」

「我不是告訴過你，我不知道嗎？那天我還問你……。」

「你眞的不知道？」

「眞的不知道。你快告訴我是誰貼的？」

「這就怪了，難道是宋大爺看花了眼？」易小強緊緊盯著劉大公的眼睛，希望從裡面找出一絲一毫的破綻。

「到底是怎麼回事？和宋大爺有什麼關係？」

「我問你，你一定要說實話。那份聲明是不是你自己寫的，自己貼上去的？」

「什麼？我寫的？我還自己貼上去的？你作夢呢！」

易小強不說話了。他思考片刻說：「這麼說，是個謠言了。我也覺得不太可能。好！沒有事了。」

「你沒事了，我還有事呢！誰說是我貼上去的？」

「宋大爺說，那天清晨大約六點多鐘，天還有點黑，他看見你從學校裡走出來。他還問你這麼早到學校來幹什麼。你沒有理他，他也沒在意，就看著你出去了……。我問你，那天你到學校幹什麼來了？」

劉大公吃驚的瞪大眼睛：「我到學校幹麼來了？我根本沒到學校來。他一定是看錯人了。對了，說不定那個人就是貼聲明的人。」

易小強點點頭說：「有道理。」

劉大公回到家裡，悶悶不樂。

爸爸問他幹什麼去了，他沒有好氣的說：「哎呀，就一刻鐘也得問，我又沒有做壞事兒。」

「沒有做壞事就不許問了？你翅膀還沒有長硬呢，連問都不許問了，真是的！」媽媽在一旁開始嘮叨。

「我去跟易小強問了道數學題行了吧！」說著，劉大公走進了自己的小房間。

媽媽說：「你就是耗子扛槍窩裡橫！」

劉大公心裡有些煩，安不下心做功課，於是拉開抽屜，看著裡面的小物件，胡亂擺弄起來。

他看見了一把小鑰匙。這是一把小鎖的鑰匙。原來是鎖行李箱用的。那是個四四方方的黃銅鎖，拿在手裡還有些分量。鑰匙一直是和鎖在一起的，現在，光有鑰匙，鎖到哪兒去了？劉大公在抽屜裡翻了起來。翻遍了抽屜的所有角落，都沒有見到那把鎖。劉大公在那裡發呆，一種悵然若失的感覺湧上心頭……，突然好像想起了什麼，劉大公打開電腦，這台電腦基本上只有打字功能，因此他也不常使用，前幾天就是給方笑穷信也是手寫的。

打開文檔，顯示幕最下面的一個目錄讓劉大公呆住了！那裡赫然寫著：重要聲明。

劉大公再打開，那篇讓劉大公憤怒的砸了玻璃的聲明居然全文呈現在他的面前。

劉大公驚呆了。他絕不懷疑這是爸爸、媽媽寫的。這不可能！他們不但從來不動他的電腦，他們也根本不知道學校發生過的事情，他們更不會到學校去張貼這張聲明。

易小強剛才說的話真可能事出有因。此時劉大公已處於惶恐而又不知所措的狀態。他一刻也沒有停留，逕自到學校。

學校大門已經關了，只有小門還開著。劉大公走進去，看門的宋大爺正在看電視。

「宋大爺，看電視呢！」劉大公招呼著。

宋大爺抬起頭：「又到學校幹麼來了？」

劉大公心中一沉：「沒事兒，隨便遛遛。」

「放學以後，不能到學校裡來知道嗎？」宋大爺繼續看電視。

劉大公又問：「上個星期一早晨，您是看見我從學校出來嗎？」

「從學校出來的學生多了，你到底要說什麼事兒？」宋大爺有些不耐煩。

「那天早晨挺早挺早的，六點多鐘，您看見我從學校出來？」

宋大爺轉過身來，看看劉大公：「我說劉大公，你自己從學校裡出來，你自己不知道，來問我幹什麼？」

「我問你是不是看見我出來，我想要人證明一下。」

「證明什麼？」宋大爺警惕起來。

「我媽非說我沒有到學校。」劉大公撒了個謊。

宋大爺鬆了口氣：「看見了，我還問你到學校幹什麼，你也沒理我。」

「您不會看錯人吧？」

「學校是不是丟了什麼東西？」宋大爺又懷疑起來。

「沒有沒有……。」劉大公急忙說。他決定不再問，再問就複雜了：「宋大爺，我去看一下布告欄就出來。我看什麼時候開始報名。」

劉大公走到布告欄前，目光盯著掛鎖的位置。鎖已經沒有了。

劉大公回到家，愣愣的看著電腦。如果聲明的事眞是他自己幹的，他怎麼一點也不知道呢？怎麼寫的？怎麼打印的？怎麼走出家門，怎麼進了學校的門？怎麼回來的？一點記憶也沒有。除非這一切都是在夢中完成的。

一個可怕的近於荒誕和滑稽的字眼出現了——夢遊！他叫著自己的名字：劉大公，你好可憐呀！本來以為找方笑是最頭疼的事，沒有想到還有比這嚴重幾百倍的事情。怎麼辦呢？不能告訴父母，也不能告訴易小強，好像根本不能告訴別人，因爲這不是傷風感冒哇……。

快到兩點的時候，他迷迷糊糊的睡著了。

睡得晚，醒得卻很早，醒了就怎麼也睡不著了。劉大公躺在床上看看對面牆上的鐘，還不到六點。他聽見爸爸起床的聲音。他每天都走得很早，今天算晚的。爸爸眞是很辛苦。我要是學習不成，也會像爸爸一樣送報嗎？劉大公就這樣胡亂想著。好不容易熬到六點半，他這才穿衣洗漱，背上書包走出家門。

「這麼早就走？」媽媽問。

「學校有點事。」

「吃東西了沒有？」

「我不餓。」

媽媽急忙跑到廚房抓了一個饅頭和一杯豆漿追到門口，塞到劉大公的手上。

平時都是在家裡吃了再走，似乎是習慣了。今天媽媽把吃的給他帶著。劉大公突然感到，饅頭是鬆軟的，豆漿是熱呼呼的。

劉大公本想回去吃完了再走，但已經走出來就不好再回去了。他突然意識到，這麼早出來幹什麼呢？老師和同學都還沒有來，找誰也找不到。找校長嗎？找到他說什麼呢？

劉大公突然感到一陣暈眩，是沒有睡好，還是低血糖？他急忙喝了一口豆漿。

劉大公安慰自己，這是個臨時現象，過一會就好了。

這一天就在恍恍惚惚的情緒中度過了。

放學走出校門的時候，劉大公突然愣住了。看著眼前急匆匆趕路的行人，他突然問自己，我現在要幹什麼？我要去哪兒？想了半天，他才想起了，他應該回家，對！是該回家了。可是他的家怎麼走啊？

劉大公呆呆的站在那裡，腦子裡一片空白。從他的家到學校的路，他整整走了五年。從學校到家的路，他也整整走了五年，怎麼現在好像從來沒有走過一樣，怎麼一點印象也沒有呢？

不知道家怎麼走，家裡的地址呢？家裡的電話號碼呢？他開始從周邊的印象想起。他模模糊糊的想起了一個地址。那是個孤零零的地址，沒有任何形象的東西依托，是個樓房嗎？什麼顏色的？周圍還有什麼標誌和參照物？都想不起來。地址好像是對的，但是怎麼就想不起來怎麼走呢？

發生了什麼事？這是怎麼了？劉大公驚恐萬分！

鎮靜！鎮靜！劉大公小聲的鼓勵自己，儘管眼睛裡急出了淚水。

劉大公走到一個過路的中年人跟前：「叔叔，花園北路十五號怎麼走？」

中年人搖搖頭：「我不是本地人，我也不認識。」

劉大公失望的看著對方。他自己還不如個外地人。外地人儘管此地沒有家，但他一定知道自己的家怎麼走。

他又問一個中年婦女。那女人告訴他，朝東走，到了第二個十字路口朝北走，看見一個大超市，就不遠了，再打聽一下。

劉大公忐忑不安的朝東走去，默默的念叨著：第二個十字路口再朝北走……。

走到第二個十字路口的時候，他想起了小時候的一件事。大約六、七歲吧，媽媽讓他去買一盒橡皮膏。他怕忘記，就一路念叨……，碰到一個老大爺，老大爺問：「大公，幹什麼去？」

「買橡皮膏，買橡皮膏……。」既是念叨，也是回答。

走了不遠，劉大公滑了個跟頭，爬起來的時候，他突然忘記他去幹什麼，於是轉過身來，走到老大爺的身邊：「老爺爺，我買什麼來著？」

老大爺笑了：「你不是要買橡皮膏嗎！這孩子！」

越是怕忘記的事情就越容易忘記，可能是太緊張了吧！

此時此刻，劉大公突然清醒了，回家的路一下子湧入腦海，回家的路還用找嗎？

劉大公覺得身上汗涔涔的。他安慰自己，這是暫時的，一切都會好起來的。

第四章　遊戲

劉大公萬萬沒有想到，第二天放學的時候，舊景重現。想回家，但不知道該往哪裡走。

劉大公萬般無奈，瞞著別人，來到了一個心理醫生的面前。

劉大公說了他最近放學的時候不知道家怎麼走的「病情」。

醫生歪起脖子，瞪大眼睛，似乎劉大公的病狀很奇怪。

「有家庭暴力嗎？」

劉大公一愣，「什麼家庭暴力？」

「爸爸、媽媽動手打過你嗎？」

「沒有。」

「他們互相打架嗎？」

劉大公搖搖頭。

「你覺得家裡溫暖嗎？」

「還可以。」

「以前有沒有不想回家的想法或者離家出走的想法？」

「從來沒有。」

「最近有什麼壓力嗎？比如學習、同學關係、和老師的關係？」

劉大公想了一下，把校長讓他請歌星方笑到學校來參加文藝節和自己如何為難的事情和盤攏出，同時也坦白了方笑根本不是自己表哥的事情。

醫生點點頭：「為什麼不和校長說方笑病了，或者方笑沒有時間？」

劉大公不說話。

醫生說：「這不是說謊，這是處理為難事情的辦法。」劉大公眼裡露出疑惑的目光。

「如果是說謊，你在默認方笑是你表哥的時候你就是說謊了，你在校長讓你請你的表哥來學校而你沒有否認的時候，你已經在說謊了……。」

劉大公覺得醫生說的也有道理。

醫生接著說：「這件事情重重的壓在你的心上，你別無選擇，只有兩條路。你如果不願意說方笑有病或者沒有時間，你就老老實實告訴校長你根本沒有能力請到方笑。你的病因就是舉棋不定。甘蔗沒有兩頭甜……。」

走出診室，劉大公覺得他應該換一個醫生。這個醫生的水平跟易小強差不多。幸虧剛才醫生告訴他，病不重，可能是青春期的暫時現象。否則的話，邢醫生不過就是個穿了白大褂的易小強。

剛剛回到家，電話就響了，易小強在電話那一頭說：「你知道了嗎？」口氣充滿歡欣。

「知道什麼？」

「你看報紙了嗎？」

「什麼事？」

「你眞的不知道？方笑撞車住院了！」

「眞的嗎？」劉大公不由一驚。

「千眞萬確，報紙上登的。」

很奇怪，一陣輕鬆湧上全身。劉大公知道這種情緒是不道德的。

「怎麼不說話？」易小強大聲喊著。

「我聽你說呢。傷得重嗎？」

「不太重，這下好了，你沒事了。」

「怎麼沒事了？」劉大公明知故問。

「這次不是你說他有事，他眞的出事了。校長肯定知道了，你再也用不著費勁了……。」

醫生指出的兩條路之外居然又出現了一條誰也沒有見過的路。沒有人見過，連想都沒有想過……。

一個小小的難題又出現在劉大公的面前，要不要去和校長說一下這個大家都已經知道的情況？說一下吧，有始有終。他把這個想法和易小強說了，易小強肯定的說：「當然要說！」

放下電話，劉大公想，事情解決了，還要不要看醫生呢？如果明天放學還找不著家，他就看醫生；如果沒事了，就算了！

這天夜裡，劉大公睡得很香。這幾天都沒有睡好。可惜從早晨起來，一個念頭就湧進了腦海：今天放學的時候會怎麼樣呢？劉大公極力讓自己放鬆，可是這個念頭只要一出現在腦子裡，他就不由得緊張起來。

課間操的時候，他找到校長，說了方笑撞車不能到學校來的事情。校長還眞的不知道方笑發生了車禍，很吃驚，接下來就關心的問：「怎麼樣啊？重不重啊？」

劉大公只好含糊的說還不大清楚。校長反過來安慰劉大公，這讓劉大公心裡很不是滋味。

下午放學的時候，劉大公故意幫助別人做値日生，又在操場溜了一圈，看看比平時晚了一個小時，這才緊張的走出校門。

不料，當他剛剛想到要回家的時候，那種莫名其妙的痛苦感覺又出現了。他又找不到回家的路了……。

劉大公再一次坐到醫生的對面。

「問題不是解決了嗎？」醫生問。

劉大公點點頭。

「你沒有感到輕鬆一些嗎？」

「不知道……。」

「你還感到有什麼壓力嗎？」

「不知道……。」

「你把你感到不舒服、不愉快的事情都和我說，傾訴出來就好了。」

「沒有什麼不愉快的……想不起來了……。」

「來，你靠在沙發上。」醫生說。

劉大公走到窗前，順從的斜靠在一張寬大的單人沙發上，柔和的陽光灑在他的身上。

「你配合我一下好嗎？」醫生說。

「配合什麼？」

「閉上眼睛，我說到什麼，你就順著我說的想，好嗎？」

劉大公點點頭，閉上眼睛，突然又睜開問：「是搞催眠嗎？」

「你不要管叫什麼，照我說的做，照我說的想。」

劉大公安靜了。

「這是一個下霧的早晨，你走出家門，霧茫茫的一片，伸手不見五指……，但是那霧很輕，很柔和，它環繞在你的周圍，想和你靠攏，想和你親近。你也覺得很溫暖。於是你的身體就覺得很輕盈，似乎沒有了重量……。」

房間裡很安靜。

醫生小聲問：「劉大公，你睡著了嗎？」

沒有回答。

醫生提高了聲音：「劉大公，你難過嗎？」

「難過……。」劉大公臉上出現了難過的表情。

「告訴我，爲什麼難過？」

「這不是遊戲！」劉大公痛苦的說。

「告訴我，發生了什麼事情？什麼遊戲？在哪兒？都有誰？」

「在海邊，在南戴河，有易小強……，還有宋曉平，都是好同學。吃午飯之前他們都挺好的。」

「後來呢？」

「吃過午飯，我發現他們都變了。」

「怎麼變了？」

「我們一群人走在海邊，我和易小強說話，他好像沒有聽見，反而去和李森說話。我大聲說，易小強我和你說話呢，你怎麼不理我？易小強不但不理我，反而走到前面去了。我想，我什麼地方得罪了他呢？」

「後來呢？」

「後來，我就問宋曉平，易小強怎麼啦？沒有想到宋曉平也好像沒有聽到我說話，她招呼另外一個女同學說：『你看，那條小船上有個海海螺……』我很奇怪，我這是怎麼了？我犯了什麼錯誤？我又去問李森，李森是我們班上最老實的人。李森，你是第一次來海邊嗎？沒有想到，李森也沒有答理我。整個人群都是有說有笑的，就是沒有人理我。」劉大公的眼睛裡有淚花在閃爍。

「他們是在和你開玩笑。」

「不——不是開玩笑！你要是嘗嘗那個滋味兒你就知道了。」

「一會兒就好了。」

「不，他們整整一個小時都是這個樣子。我知道他們在搞惡作劇，可我受不了。我一個人回到住宿的地方，我以爲一會兒就會有人來找我，可是沒有。我整整等了一個小時，我躺在床上，直到我聽見門響。」

「誰來了？」

「易小強和李森笑著走進來，我聽見易小強高興的說：『李森，我告訴你，你的泳褲有問題，都露出來了。』李森就傻呼呼的說：『在水裡誰看得見？』」

「他們和你說什麼？」

「什麼也沒有說，直到他們洗完了澡，易小強才走到我身邊說，劉大公，你可眞行，那麼好的天氣不去游泳，卻在這裡睡大覺。」

有淚水從劉大公的眼角流出來。

「後來呢？」醫生問。

劉大公不再說話。

……

劉大公醒了過來。

「你還是有難過的事情。」

「我剛才睡著了？」

「可以說是準睡著了吧！」

「我說夢話了嗎？」

「不是夢話，是實話……，你好像和易小強他們一起去過南戴河。」

「你怎麼知道？」

「你剛才說的。」

劉大公有些惶恐，不知道「夢」裡還說些什麼。

醫生讓劉大公把南戴河的故事再敘述一遍，劉大公說：「就是玩唄！」

「他們集體惡作劇一起不理你，你詳細說說這件事。」

劉大公笑笑：「開個玩笑唄！有什麼好說的。」

「你後來調查這個玩笑是誰發起的？」

「易小強。」

「你恨他嗎？」

「傷心……。」

「你後來就這樣過去了嗎？」

「整個一個晚上我也不理他們，不和他們說話。可是我的心裡更難受。」

「他們知道你難受嗎？」

「有知道的，有不知道的。」

在醫生的要求下，劉大公又把這件事詳細的回憶了一遍。最後，醫生對他說：「回去和易小強再說一遍，讓他為這個惡作劇給你道歉。」

「有這麼重要嗎？不就是開玩笑嗎？他要是不道歉呢？」

「不道歉也沒有關係，你說出來就好了。」

「他們會不會說我小心眼兒？一個玩笑、一個遊戲還記這麼清楚。」

醫生搖搖頭：「不——你是個敏感的人，這是個殘忍的遊戲，尤其對你來說，它存在你的潛意識裡，你不認為這是個遊戲！」

劉大公一臉疑惑。

劉大公走出醫院大門的時候，聽見有人在叫他的名字。回頭一看，竟然是「外星人」韓老師。

「韓老師，您也來看病呀？」劉大公招呼說。

韓老師搖搖頭：「我是特意來找你的。」

「找我？」劉大公很驚訝。

韓老師點點頭說：「那天我誤會了你，對不起，我上課的時候叫你的外號……。」

劉大公心中一陣感動。

韓老師接著說：「後來，布告欄裡貼有聲明，聽說你還砸了玻璃，校長還找了你，我心裡挺難受的……。」

「您怎麼知道我在這兒？」

「給你看病的醫生是我的中學同學。」

劉大公吃驚的瞪大眼睛。

韓老師點點頭：「這一些都是我引起的。」他不由得用手去撫摸劉大公的頭，「你是個老實的學生，你是個認眞的學生。」

「我不想做老實的學生，也不想做認眞的學生。」劉大公突然說。

「爲什麼?你怎麼啦?」韓老師有些奇怪。

「太累了——」劉大公喃喃的說。

韓老師搖搖頭：「不!你說的不對，老實人、認眞的人走的路是比較艱難，但他是我們國家和人類的希望，他是支撐一個社會的脊梁。」

劉大公心中一動。

「我就是因爲認眞和老實才倒楣的。」劉大公說。

「不對，你痛苦、你倒楣並不是因爲你認眞，並不是因爲你想當老實人，而是因爲你總在認眞和不認眞之間猶豫，總在當老實人和不當老實人之間猶豫……。」

劉大公心中又是一動。

劉大公一個人走在回家的路上。他一直在擔心突然腦子發生什麼問題，找不到回家的路。還好，一切正常。

黃昏了，落日的餘暉又把世界搞得金燦燦的。這和放學的時間差不多。還好，家住的樓房，周圍的景物，回家的路在劉大公的腦子裡都明鏡似的清楚。

這麼簡單的治療管用嗎？今天沒有問題，明天呢？明天放學的時候，不知道是不是能找到回家的路……。

但是，他現在心裡是輕鬆的。他得趕快回家，他餓了。

作品欣賞

在侃侃而談中長了學問

兒童文學評論者
徐錦成

一、「侃」出來的小說

張之路是老北京，善「侃」。聽善「侃」者說話是一種享受，讀張之路的小說也是。他的小說與其說是寫出來的，不如說是「侃」出來的。何謂「侃」？他的小說裡解釋很清楚。（什麼？你問我在哪一篇？哪一頁？天下有這麼便宜的事嗎？想知道？讀完這本書不就得了！）

「侃」是中國大陸用語，一般用在日常生活中。我拿來做文學批評，是想強調張之路語言運用的靈活與情節安排的機智。靈活與機智，是善「侃」者的基本條件吧！

對台灣讀者來說，「侃」字可能不熟悉，事實上，張之路小說中常見許多台灣讀者不習慣的大陸用語及北京土話。譬如：「我沒鬧明白」意思是「我沒弄明白」；「有什麼貓膩」意思是「有什麼交情」；「不隨你媽媽」意思是「不像你媽媽」……等等。例子很多，不用一一列出。我相信這些文字並不會構成閱讀障礙，讀者很容易舉一反三。

有些台灣出版社引進中國大陸作品，會考慮本地讀者的習慣，對文章加以修飾。但張之路的小說語言具有淋漓的生命力，若改用標準普通話，可能就眞的變得普通了。文學作品，還是原汁原味最好。

二、學校裡學不到的事

大多數的少年讀者不喜歡聽說教，包括聽作家說教在內。幸好，張之路也是不說教的。但「不說教」可不代表作者不希望讀者在獲得閱讀樂趣之餘，還能得點收穫。

我讀完這本書，心裡最先浮起的一句話恰恰是：「嘿！眞上了一課！」

說「上了一課」，或許並不精確。要知道，學校裡的老師跟兒童文學作家看似同業，都在培養下一代，但經營手段與專業要求大異其趣。上學是國民應盡的義務，但「爲什麼孩子要上學」這個問題還是由教育體制外的作家解釋起來較有說服力。張之路寫的是校園裡的故事，卻教給讀者學校裡學不到的事。

舉例來說，學校裡會教英語、法語，當然也教本國語。但你就算在課堂上把世界上所有語言都學全了又如何？遇到外國人排隊不守秩序時，懂外語該怎樣？不通外語又該如何？這個問題你想過嗎？語言是溝通的工具，但不是唯一的工具。有時一分挺身而出的勇氣，比起語言更容易讓人際達到溝通。這分勇氣，語言教師有時會忘了教，而張老師爲我們補上了這一課。

三、To be or not to be ?

張之路說過，他最難忘的一件糗事是他讀小學時，班上一位女同學對別的同學表示她最喜歡他，他爲了表示「清白」與「無辜」，當著大家的面把那位女同學罵哭。這件事後來被他寫成〈原諒我！小新子〉這篇小說，收錄在《懲罰》一書裡。

這件事無疑是了解張之路作品的一個角度。他之所以寫小說，或許就是爲了懺悔。這件事當然已無可彌補，成爲他心中永遠的痛。但如果時光倒流，他肯定會有另一種做法。而他寫小說，無非是想告訴少年讀者們，面臨困境、必須有所動作時，如何因應會更好、更不會留下遺憾。

一如哈姆雷特的永恆疑問：「To be ro not to be ？」事情要不要幹？怎麼幹？是隨時都可能要面對的。

——看到外國人插隊時若任由他去，就算外語愈練愈流利，難道午夜夢迴不會覺得心中有愧嗎？

——不該鼓掌時，如果爲了盲從而鼓掌，日後遇見眞正想鼓掌的場面，那掌聲還有一樣的價值嗎？

——同學犯了校規，要不要告發呢？幫忙隱瞞好嗎？頂替認罪可以嗎？

……

類似的困境，張之路的小說裡多得是。

四、想望一朵滿足的微笑

坦白從寬，我是年過三十才開始讀張之路。三十幾歲，很多事情已經來不及了。讀張之路作品時，我常回想起少年往事，也不禁幻想：如果當初有些事情我換個方式處理，情況應該大不相同吧？

話說回來，即使閱讀張之路讓我心生「聞道已晚」的感慨，但在他的侃侃而談中，我仍長了不少學問。而此刻正在讀本書的少年讀者無疑是幸運的。人生課題，及早思索永遠好過事後追悔。更重要的是，當遇到事情必須抉擇時，記住不要做出無法原諒自己的決定。

我相信日後會有少年讀者在面對困境時想起張之路的小說；也相信當他做出正確決定時，張之路臉上會浮現一朵滿足的微笑。

機智而又溫暖的《獎賞》

北京連環畫出版社總編輯
湯　銳

張之路是我認識的兒童文學作家中很會講故事的一位，尤其擅長講冷面幽默或者冷面恐怖的那一類故事，他講故事的時候不緊不慢、似笑非笑、煞有介事的模樣很酷，很容易讓人把他和他小說裡的「侃協祕書長」頭銜聯繫到一起。張之路的這個本領不僅給他的朋友們帶來莫大快樂，也給他的小說帶來一種獨特的風格。

張之路的小說常常有一種機智的色彩，主要體現在他那奇巧的構思上，就像他給朋友們講故事那樣，在平鋪直敘之外，總要用某種出人意料的情節突轉來製造強烈的戲劇效果，並提升小說的主題和味道，給讀者某種奇異的閱讀快感，頗有一點美國作家歐・亨利小說的味道。比如這本集子中的第一篇〈紅嘴巴小鳥〉，構思就非常巧妙，生病的男孩林爽寄來一封信，信封上的收信人也是「林爽」，收到信的小女孩林爽給自己的同名人回信，用純眞的友愛祝福他早日恢復健康，沒想到有一天四十個叫林爽的孩子聚到一起，聽溫老師講十六個林爽的回信故事……。〈老虎媽媽〉中李大米的作文先是受到老師批評，然後又被送去參加小學生作文比賽，這意外的驚喜可不僅僅是屬於李大米的……。〈窩囊的發明〉中林爽發明的「排筆」被老師嚴厲查禁了，可是第二天卻出現在了小商販的貨攤上，這種尷尬不由得令人深思……。再比如〈「侃協」祕書長〉，這是很典型的體現了張之路兒童小說構思之巧妙的一篇：聰明伶俐口才過人、頗有領導天賦的初中生網猴，異想天開的宣布成立「侃大山協會」，作爲網猴的崇拜者與跟屁蟲，那個老實笨拙且不善言辭的劉貴貴也一心想成為「侃協」會員，可是網猴他們卻惡作劇的一再捉弄這個老實又可憐的孩子，最後的結局出乎所有人的意外，在「入會儀式」上，劉貴貴毫無誇張矯飾的眞情陳述，意外的征服了網猴，而這種「征服」竟是一種辛酸的誤會……

在這些構思奇巧的小說中，都洋溢著一種令人感動的溫情，作者用充滿慈愛的筆觸安撫著孩子心靈深處天眞純樸的情愫和成長中的煩惱，作品中透出溫暖的詩意和輕輕的憂傷。像〈紅嘴巴小鳥〉中的小女孩林爽、〈我的哥哥說外語〉中的弟弟、〈獎賞〉中的李大米等等，都是以他們水晶一般單純明淨的心靈、善良樸素的情感感動著我們，讓我們看到人類的希望所在。

同時，那些天眞純樸的孩子們內心深處的成長煩惱，在張之路的筆下更是細膩生動、眞實動人，他很能夠抓住孩子在面臨兩難選擇的處境中矛眉的心態，絲絲入扣地刻畫表現，從中揭示純潔的童心與社會生活中醜惡一面的衝突，揭示少年人的成長之痛。比如〈香水〉中小姑娘林爽被媽媽逼著給老師送禮，她稚嫩純樸的心靈幾乎難以承受那一分世俗的功利，幾經掙扎還是以自己的方式祝賀了老師的生日；再比如〈獎賞〉中的男孩子李大米，面臨的兩難處境一方面是校長的信任、獎賞的誘惑，另一方面是天眞的心靈不允許說謊，最終純樸的正義感占了上風；還有〈蟋蟀也吃興奮劑〉中，少年袁新強陷入的矛盾更加錯綜複雜也更加令人痛苦，正義與非正義、講信義與不講信義，人格、自尊等等若干問題絞纏在一起，令人矛盾痛苦的選擇一再出現，眞眞難爲了這個家境貧寒的少年；而全書最後一篇小說則最直截了當的揭示了少年人成長中的心理問題，少年之間小小的惡作劇、誤會等等在敏感型又老實認眞的孩子心中，會刻下影響重大的創傷。所有這些，在今天的孩子們身上或多或少的都發生過，並且還將繼續發生；因此，在今天更多迷戀網路、漫畫和電腦遊戲的孩子們，這些溫暖的故事將悄悄的浸潤他們躁動的心田。

國家圖書館出版品預行編目資料

獎賞/張之路著．初版．臺北市．聯經．
2010年7月（民99年）．232面．14.8×
21公分．(張之路作品集）
ISBN 978-957-08-3645-5（平裝）

859.6 99011663

張之路作品集

獎賞

2010年7月初版 定價：新臺幣260元

著者 張之路
發行人 林載爵

出版者	聯經出版事業股份有限公司	叢書主編	黃惠鈴
地址	台北市忠孝東路四段561號4樓	叢書編輯	張倍菁
編輯部地址	台北市忠孝東路四段561號4樓	校對	俞衍
叢書主編電話	(02)87876242轉213	美術設計	葉介華
台北忠孝門市	：台北市忠孝東路四段561號1樓		王儷穎
電話	：(02)27683708		
台北新生門市	：台北市新生南路三段94號		
電話	：(02)23620308		
台中分公司	：台中市健行路321號		
暨門市電話	：(04)22371234ext.5		
高雄辦事處	：高雄市成功一路363號2樓		
電話	：(07)2211234ext.5		
郵政劃撥帳戶第0100559-3號			
郵撥電話	：27683708		
印刷者	五洲彩色製版印刷股份有限公司		
總經銷	聯合發行股份有限公司		
發行所	：台北縣新店市寶橋路235巷6弄6號2樓		
電話	：(02)29178022		

行政院新聞局出版事業登記證局版臺業字第0130號

本書如有缺頁，破損，倒裝請寄回聯經忠孝門市更換。 ISBN 978-957-08-3645-5 (平裝)
聯經網址：www.linkingbooks.com.tw
電子信箱：linking@udngroup.com